冰瑩懷舊

謝冰瑩著

三民叢刊 30

三民書局印行

冰瑩懷舊

悼念仁慈的校長 蔣公

五十年前的冬天，一個朔風冷冽的早晨，軍校第六期，武漢分校的男女數千學生，整齊地站在閱兵臺前，聆聽校長 蔣公的訓話：

「……革命不分男女老幼，這次軍校招收女生的目的，一來因爲要喚醒佔全國半數的婦女同胞起來，共同參加北伐；二來考驗女生，她們是否在體力上、能力上和男生一樣；最重要的是第三點，她們是否有奮鬥犧牲、吃苦耐勞的精神。你們都讀過歷史，過去婦女爲國家民族犧牲的，古代的秦良玉，近代的秋瑾，例子很多，不必多舉。你們大家要認清從軍的目的，並不是像軍閥一樣，想升官發財，佔據地盤，擴充私人的勢力。 國父孫中山先生告訴我們：國民革命的目的，在求中國的自由平等，對內要消滅軍閥，對外要打倒帝國主義，並聯合世界上以平等待我之民族，共同奮鬥……」

這是我親耳聽到我們仁慈的校長的訓話，聲音是那麼洪大、莊嚴，充滿了力，充滿了熱情，使我們聽了，精神立刻振奮起來。

「女生隊的同學，要特別努力，潔身自好，因爲你們是參加革命的婦女先鋒隊，你們要做中國二億婦女的榜樣，婦女能否眞正得到解放，能不能與男子平等，你們負有很大的責任……」

半個世紀以來，我無時不在心裏，默念着校長給我們的第一次訓話；無時不在警惕。我常常想：假若不是校長開明，有特殊、遠大的眼光，使我們也能參加北伐，不但對革命大有幫助，而且也開世界各國婦女從軍的先例。唉！可惜他老人家已遠離我們而去！他當然不知道在太平洋的彼岸，有一個常常因爲想起他老人家的訓誨，或者看到有關慈湖的照片而常常流淚的學生。昨天是我離開臺灣一年多來，首次直接收到「美哉中華」第八十八期，在十八—十九頁上，看到校長慈祥和藹的笑容，這正是他老人家送我的那一張照片。「以國家興亡爲已任，置個人死生於度外」這正是校長一貫的思想，一貫的人生觀。

昨夜，我整晚失眠，從十一點到今早五點，我躺在床上，回憶那次見到您老人家的情景，印象是那麼鮮明，那麼深刻：三十四年的十月，抗戰勝利後，您與夫人首次駕臨漢口，我以婦女會代表，及和平日報記者的雙重資格，去機場歡迎您，第一次與您握手，您的臉上充滿了勝利的笑容。那天晚上我趕寫了兩篇文章，一篇特寫，一篇副刊上的方塊文章。十年不見的校長，精神更矍鑠，身體更健康，使我高興極了！

在八年多的抗戰生活當中，校長比任何人都辛苦，日夜在爲國家民族憂慮；接着是西安事變，共匪叛亂，竊據大陸，給您的打擊太大了；但您永遠不會屈服，更不消極，不悲觀，您偉大的愛國思想在支持您，您是眞正做到了「以國家興亡爲己任，置個人死生於度外」，您沒有死，您的精神永遠存在我們心中。

三十七年，我從北平來到臺灣以後，最初每年在春節教師聯歡會上能見到您的慈容，後來中華文化復興運動推行委員會成立以後，我又多了一次見您的機會，最使我興奮的一次，袁夢君、林秋美和我三人，代表馬來西亞僑胞，參加國慶閱兵典禮。我們坐在貴賓席上，聽到您的演講，那激昂慷慨的聲音，使我們的血液沸騰。夢君說：「這是我一生的光榮，能够坐在這裏，親耳聽到　總統的聲音，親眼看到我們英勇的三軍行列，還有這麼多的愛國同胞。」秋美也說：「我將來一定去從軍報國。」我悄悄地告訴她們，「　總統是我們的校長，因爲太仁慈的緣故，以致讓一些禍國殃民的反動份子，活到現在來危害國家民族。」

敬愛的校長，您的學生已過了古稀之年，經常在病中生活，五官四肢都有毛病，對社會既然不能有絲毫貢獻，實在不應該苟且貪生；但我曾受過黃埔軍校的教育，曾親聆校長的訓示，我要勇敢地、堅強地活下去，原因是我們還要光復大陸。儘管我年老力衰，不能像北伐、抗戰時期一樣，走上前線；只要我的眼睛能看能寫，我還有責任存在。

尊敬的校長，我永遠是您的好學生，我要永遠承繼您不灰心、不消極，堅苦奮鬥，再接再厲的精神！校長，請您在冥冥之中賜我勇氣吧！

六十五年三月二十六日早五點於舊金山

慈湖謁靈記

這是我三年多來的志願，只要我回到臺北，第一件事，便是赴慈湖敬謁我們的校長，故總統蔣公之靈。

這志願，終於在六十七年九月十九日實現了。

*　　*　　*

我清楚地記得：六十四年四月六日，當我從報紙上看到故　總統崩逝的消息時，我的腦子彷彿被悶棍打傷了似的劇痛，兩眼被淚水蒙住，看不清那些密密麻麻的小字，只聽到外子的嘆息聲。

也不知過了多久，重拿起報紙來看，我們的校長，是在狂風暴雨、雷聲怒吼、電光閃閃之夜去了天堂，這是世界偉人的逝世。他不是死，而是永生在另一個世界之中。

我又清楚地記得：在四月十七日的晚上，在侯光天先生府上看電視，正是故　總統的靈柩移至慈湖，沿途萬萬千千的民眾披蔴帶孝，跪在那裏路祭，他們痛哭的聲音，深深地灌入我的兩耳，他們的眼淚，流進了我的心窩，於是侯太太肅容，還有其他的幾位太太，也和我一樣，跟着路祭的人一同哭泣、一同流淚。

如今，我又看到這悲哀、動人的場面了。

那是在我們等候排隊謁陵的時候，在休息室的閉路電視中看到的。

男人、女人、大大小小的同胞，都是那麼傷心痛哭，像死了父母一般地哀悼。據當時報載：由臺北至慈湖六十餘公里，沿途有兩百萬民眾隨棺哭送，甚至有哭三、四小時的，還有哭得暈過去的。

子培也曾經告訴我，自從故　總統靈柩停在國父紀念館之後，他率領三個兒子前去瞻仰慈容，第一天就有二十八萬多人，於是日夜開放。有背着孩子的男男女女排十多小時的，一點沒有倦容，大家忘記了饑餓，也不覺疲勞；最奇怪的是沒有人插隊，沒有兒童的哭聲，也沒有吵鬧聲，大家只鴉雀無聲靜靜地等着，半步一步地向前移動。這些感人的鏡頭，我都在電視中看到了，只恨自己不能飛回去弔祭，遺憾終生。

＊　　＊　　＊

「現在我們可以去陵寢了。」

朱星鶴先生是陪我們去的，徐主任夫人朱明女士、謝麗英女士、謝明輝先生和我五人，由明輝開車，一小時後就到了目的地。

由休息室走到陵寢，有一段相當長的路程，他們都躭心我的斷腿不能走，老實說，即使腿痛得厲害，那怕眞的走不動，我也要爬去的；何況朱明女士和麗英，在左右照顧我呢！

一路上，我們都沒有說話，前面、後面，都有羣眾隊伍去謁陵，這天因爲時間還早，又不是星期假日，所以去的人，還不算擁擠。

這眞是一個最幽靜的所在，綠竹蒼松，泉水淙淙，偶然有幾隻飛鳥無聲掠空而過，更顯得山林的肅靜。樹林是那麼青翠欲滴，梅幹挺立，象徵校長的堅貞，那池塘裏的水，明亮如鏡，一羣黑白天鵝，徜徉在湖面上，顯得快樂逍遙。

進了靈堂，又是另一番景象：

莊嚴、肅穆，校長的笑容，和藹慈祥，注視着每個前來敬禮的人。

負責保護陵寢的衛士是幸運的，他們日夜地伴着 故總統，彷彿在他老人家生前一樣，看到他親切、欣慰的笑容，冥冥之中，他老人家在護佑着每一位來向他致敬的人。

我們五人行完了三鞠躬禮之後，我的熱淚再也忍不住滾滾而下，我跪下來向我最敬仰、最崇拜的校長拜了三拜，我感到萬分傷心，我無法抑制我的眼淚，我想放聲痛哭一場；但理智管制我，只許我坐在休息室的沙發上，默默地流淚……（寫到這裏，我又第二次流淚了。）

＊　＊　＊

校長，我曾經在六十五年三月二十六日的清晨，寫過一篇「悼念仁慈的校長　蔣公」，發表於四月五日的青年戰士報上，我時時刻刻記得您對我們軍校六期的男女學生訓話，特別勉勵我們女生：

「女生隊的同學，要潔身自愛，特別努力，因爲你們是參加革命的婦女先鋒隊，你們要作二萬萬婦女的榜樣，婦女能否與男子平等，你們負有很大的責任……」

是的，校長，五十多年來，我沒有一天忘記過您的訓示，我永遠要做您的好學生，遵守您「以國家興亡爲己任，置個人死生於度外」的訓誨。您說革命救國，是不分男女老幼的。在那麼封建思想瀰漫、軍閥橫行的中國，您以遠大的眼光、高超的見解、純正的思想、革命的毅力，爲加強黃埔軍校的力量，擴大革命的陣容，招收了三千多男女學生爲生力軍，女生雖然只有兩百多人；可是包括了全國，像蒙古、新疆那麼偏僻的省份，每省都有一位。尊敬的校長呵，要不是您超人的智慧，愛國愛民的熱忱，五十年前，那有女兵隊伍出現？今日那有這麼多花木蘭戍守金門前線？

校長，您是古今完人，世界最傑出、最偉大的革命領袖；您不憂不懼，心胸開朗，事親至孝，忠黨愛國，克己恕人。有一件事，很多人都不知道的，當您在日月潭行館休養的時候，您每夜細數鐘聲，聽到玄奘寺的鐘聲，只響了一百二十下，於是就在第二天派一位副官去問：

「大陸上的寺廟，都是敲鐘三百六十下的，爲什麼你們只敲一百二十下？」

於是第二晚，各寺廟都改爲三百六十下，一直到現在，偶然有少敲一下的，第二天一定派人去該寺，告訴他們昨晚的事。由此可見校長不論做什麼事，絲毫不馬虎，認眞負責。在蔣經國先生（現任總統）的「守靈一月記」中，更可以了解校長人格的偉大，本着求眞求實的精神，一生爲國爲民鞠躬盡瘁。

校長，敬愛的校長，您曾訓示過我們，凡人都要獨立，不可依賴別人；一個國家，更要獨立自主，更不可倚靠外人，一切全靠自己的力量救自己。處在目前這種艱困的時代，更要遵循您的訓示，爲反攻復國努力，爭取最後勝利。

離開了陵寢，我有無限依依之感。

「我們在外面照個相留做紀念吧？你們那一位帶了照相機？」星鶴先生問。

「我帶了一個小照相機。」朱明女士回答。

於是我們請那位送我們出來的先生，爲我們五人照了幾張相，做爲永久紀念。

＊　＊　＊

校長，再見了，您住在慈湖，不論春夏秋冬，天晴下雨，每天都有成羣結隊的民眾，來瞻仰您的慈容，向您表達仰慕敬愛之忱，您永遠不會寂寞的。

校長，您安息吧！也許我們再來謁陵的時候，您要回到紫金山，總理的身邊去了。

六十七年十月十四日深夜

敬悼兩位國語導師

前言

王壽康先生逝世以後，我很想寫篇文章悼念他，白看了三年多的語文月刊，每次收到時，便立下誓願：「這回一定要寫了」；可是一半因懶，一半因眼睛不爭氣，一寫多了字便流淚，醫生再三囑咐我停寫一年半載；我也想到萬一有一天失明，如何活下去？因此假若沒有人催我逼我，也就懶得動筆了。

現在齊鐵恨先生又去了，國語世界失去了兩位導師，這損失太大了！語文月刊十月號有一個啟事，發起出專刊追悼齊先生，今天已是十月二十一日，我的拙作趕不上了；但我還是要寫完它於明日投郵，隨便在語文月刊那一期刊出，都沒有關係，只要能寫出我的心聲就得了。

齊鐵恨先生唱滿江紅

我認識齊鐵恨先生，是在二十八年。我相信不論誰見到他，都有一種說不出來的親切之感。他老人家待人誠懇和藹，凡是來訪的人，他從來不使對方冷落；卽使他眞的忙得馬上發稿了，他也絕不會說：「對不起，我不能多談，改天再說吧。」像這種情形，我碰到過兩次。

那是他主編語文月刊的時候，我去國語推行會辦公室找他，看見他正在改稿子。一位中年男客來訪，齊先生很客氣地爲他親自倒茶，和他聊天。那人眞有點嚕嗦，所談的內容無非一半是恭維齊先生，一半是說自己如何喜歡寫作，請齊先生多多栽培等語。

我知道齊先生忙，他不好意思下逐客令，我就站起來說：

「齊先生，您太忙了，語文月刊今天發稿，您還要改稿寫文章，我不打擾了，再見。」

「不忙！不忙！謝先生，您坐下，我很快就完了，我們還沒有開始談話呢。」

齊先生連忙站起來，他擋住門口，不讓我走。

我心裏想，這時那位客人應該走了，誰知他一動也不動地坐在那裏。

「不！不！我改天再來，我沒有事，路過這裏，特地來向您請安，再見。」

我堅決地走了，那人站起來向我說聲「再見」又坐下了。

第二次在他的家裏，我又遇到一位因慕名而拜訪他的男客，嚕哩嚕囌說了半個鐘頭，不知他說些甚麼。在一位國語專家老前輩面前談推行國語運動，眞所謂「孔夫子門前賣四書」我聽著聽著，實在不耐煩了；因爲我聽到對方說了許多幼稚不通的言論，我佩服齊老先生的修養，他始終以和藹誠懇的態度應付對方：「是的！是的！」「不錯！不錯！」「您的見解很對。」我相信這時齊老先生不見得眞的佩服對方的理論；不過他不願傷害對方的自尊心，所以盡量敷衍。這時我在一旁靜靜地聽著，仔細地觀察。我覺得齊老先生太偉大了，他能有這番修養，爲甚麼我不能？

回到家裏，我給他一個電話，我問他那人是甚麼時候走的？他說：「你走了以後，過了兩小時才離開的。」

「唉！老先生，您爲甚麼要浪費時間和他閒談呢？您的時間是多麼的寶貴啊！」我故意說來氣他。

「唉！有甚麼辦法呢？他不走，我不好下逐客令，我想他也許是感覺無聊才來找我的。」

由這兩件事看來，我了解齊先生是個犧牲自我而成全他人的仁者：他不願別人掃興，寧願犧牲自己寶貴的時間，和重要的工作，來替一個不相干的人解悶。

還有一件事，也是使我與外子感到非常難過的：每次我們去看他，過了幾天，他一定回拜。我們有時帶了一點甚麼茶葉或水果去，他也一定帶些禮物來，決不空手上門。自從他三次跌傷腿，開刀以後他就不能外出了，每次我們去拜訪他，總看見他坐在牀上，那種寂寞不堪的樣子，眞令人難受；特別是齊夫人去世以後，齊小姐永培，每天忙於教課，只剩下齊先生和一位老僕在家，日子過得又漫長，又寂寞。我幾次去看他，都遇著他坐在牀上寫文章。

「齊先生，您的腿受傷，坐著一定不舒服，還是躺下吧。文章不要寫了，您爲國家已工作六十多年，對得起國家，也該休息休息了。」

我這樣勸他。

「不！我不能休息，我的腦子沒有壞，我還可以寫；至於腿過些時也會好的，我要坐計程車去看你們。你們來看我這麼多次，我很對不起，不久我會來的。」

他重複地說。

據我所知，齊先生第一次跌斷腿，是由家中到國語會辦公室去，橫過馬路，突然跌倒不能起來；後來還是過路人把他扶起，送進宏仁醫院開刀。第二次，是上厠所又跌倒了。第三次也是最後一次，爲了他要出門看朋友（但願不是爲了看我們），下玄關的時候又跌倒了！那時我的腿還沒有斷，所以還體會不出斷腿的痛苦。

寫了很多，還沒有說到齊先生唱滿江紅的故事。

大約是八年前，好友邢廣生女士，從馬來亞吉隆坡來。她在馬來亞大學和一間師範學院教中文，因久仰齊鐵恨先生，要我陪她去拜訪，還要請他老人家錄一套注音符號的唱片，帶回馬來亞教學生。於是約好了日子，請齊先生來我家錄音。

那眞是一個難忘的、值得永遠紀念的晚上。齊老先生錄音完了，很高興地說：

「錄音帶還剩多少？我可以唱一首歌嗎？」

「還有很多，歡迎歡迎！太好了！太好了！」

我們一齊鼓起掌來，齊先生笑了。

「我唱的是岳飛的『滿江紅』，唱得不好，請多包涵。」

於是又響起了一陣掌聲，我們靜靜地聽著。

歌聲激昂慷慨，悲壯淋漓，唱到最後「待從頭收拾舊山河，朝天闕」，幾乎把我們的眼淚都引出來了。

「好！好！安可！安可！齊先生再唱一遍！再唱一遍！」

我們大聲嚷著，掌聲繼續在響，他連忙拱手向我們作揖。

「獻醜！獻醜！因爲邢女士是你們的好朋友，替她錄音，是我最高興的。她這樣熱心愛國，在海外教育異國青年讀我國的文字，這是很有意義的事，所以我一時心血來潮，就忘了自己是七十多歲的老頭，張著破嗓子大叫幾聲，希望不要笑掉你們的大牙就好了。」

齊先生錄音的那晚，廣生已經回馬來亞了，只有外子和我還有兩位朋友在座。幾個人公認齊先生是金嗓子，他大有返老還童之概。

這眞是難得的機會，我們非但親自聽到齊先生標準的國語發音，而且聽到了用標準國語唱的「滿江紅」。

＊　＊　＊

古語說：「受人之託，忠人之事。」把錄音帶寄給廣生之後，我的心裏如釋重負；可是後悔沒有重錄一遍。廣生來信向鐵老千謝萬謝，她說學生們聽了，都不相信唱歌的是一位已過古稀的老人。

從此廣生常有信給鐵老。鐵老來信必覆；有時他忘了地址，就來電話問我，我總是說：「您是老人家，不必每信覆她，有甚麼需要指導她的話，由我轉告好了。」

「邢先生如果在臺灣還不要緊，住在國外的人，是特別喜歡接到親友信件的。」

由這幾句話，可見齊鐵老是如何地愛護海外的青年，關懷海外的青年。

＊　＊　＊

來美之前，我去向鐵老辭行；但我並沒有說出要來美國，只做例行的拜訪。不知爲甚麼，我的心裏有一種預感，我害怕這是最後一次的見面。當我離開他時，眼睛突然湧出淚水。我儘量壓抑我的感情，不使淚珠滾下。說「再見」時，我趕快轉過臉來，下了玄關，匆忙地走出大門。

奇怪，我每年寄齊老賀年卡，寫了好幾封信給他，都沒有一字回音。我以爲他搬了家，收不到我的信，於是寄到國語日報，由何容先生轉交。信中我鄭重聲明，收到這封信，如果鐵老不便回信，請永培女士代覆。

兩個星期之後，我收到永培的信了。他說齊鐵老耳朶重聽，腦子也不靈活了。我看了非常難過！因爲上面有幾句話是對廣生說的，所以我把信寄給廣生。唉！誰知道沒有多久，就在報上看到齊鐵老往生的消息，他和夫人都是虔誠的佛教徒，我想從此兩人在極樂世界一定生活得很愉快、很美滿的。

關於齊鐵老的道德文章，以及待人處世，種種爲人師表的德行，自有許多作家來描寫，我只有滿腔的哀思，永遠地懷念著齊鐵老，祝福他和夫人在天之靈平安。

王壽康先生的遺書

冰瑩兄：

許久不見，您的近況好嗎？賈先生忙不？小妹的學業怎樣？您遠在南洋，忘記了師大那羣學生們時常想念着謝老師。師大的空氣，似乎新鮮了一點點；但是瘴氣雖少，烏煙尚在。南大空氣如何？您近在咫尺，能否聞得着那種酸溜溜的味道！胡適先生來了，臺大有一位七十一歲的教授徐自明先生，他們用假名字印發了一本「胡適與國運」，內容開倒車。他對人說，做白話文的都是「狗」；可是他罵胡先生的文章，也是用白話寫的，那麼他不知不覺的也「狗」了一下子。可以談的事情很多，因爲忙不能多寫，希望您能回師大再教咱們的學生，您甚麼時候回來呀？

現在有兩個師大史地系畢業的學生，他們是崇拜謝老師的，他倆是同班，是好朋友，是情侶，也可說是未婚夫婦。一個在建中教書，一個在一女中教書。如果成績不夠標準，就不可能到臺北一等的中學去教書，如果不負責任，就不可能一連服務三年，現在他們希望着到海外去教書，尤其希望着由謝老師介紹他們去馬來亞教書。您那兒有機會嗎？我負責介紹他們兩個人——李緒武，那宗懿（那宗訓之胞妹）希望你幫助他們，讓他雙棲雙飛，到南洋一遊。我保證他們在工作上一定有良好的成績。因爲他們都能使用標準國語，而注音符號之熟習自不在話下。敬祝

安好！

弟王壽康　四月廿六日

這封信，大約寫於民國四十六年四月二十六日，那時我和外子正執教馬來亞太平華聯高中。我收到信後，馬上回了壽康先生一信；同時問姚校長有無聘請國文教員機會，想替李緒武、那宗懿兩位校友進行工作，結果並沒有達到目的。我向壽康先生寫了第二封信表示歉意，他沒有再回信，我想他一定很失望的。

接著在報紙上看到一則新聞，說王壽康、趙友培兩位先生環島督導國語運動，王先生突然在工作進行時中風，以致住醫院；後來又聽說這次王先生中風，非同小可，生命雖保全了，但已失去記憶力，所有的字都不認識，也不會說話了。唉！這眞是文化教育界（特別是國語運動）莫大的損失，我心裏感到說不出的難過！我常常回想在師大二樓的教室裏，我曾去旁聽王先生教注音字母：他說話幽默，有時教了三十分鐘，就會講一個有關國語的故事，引得閧堂大笑。

當我第一次去旁聽時，我對他說：

「王學長（因爲壽康先生也是北平師大校友，所以我這麼叫他；而他常叫冰瑩兄，以示男女平等之意。），我這一大把年紀才來開始學ㄅㄆㄇㄈ，你不笑我嗎？」

「我們的孔老夫子都不恥不問，您是捧我的場才來作我的榮譽學生，我歡迎都來不及，那敢笑您？」

從此，我把稱呼改了，不再叫「學長」而叫「老師」了。

＊　＊　＊

由馬來亞回來後，我曾三次去看王先生。一進門，王太太就悄悄地告訴我：您不說姓名，看壽康還認不認得您？

「王老師，您好嗎？您還記不記得我的名字？」

問這句話時，我心酸極了，眼淚幾乎要滾出來。

「記得！記得！你是冰……冰……冰瑩呀！」

說完，他哈哈地大笑起來。

「眞奇怪，很多朋友來看他，他都叫不出姓名，連面孔也不認識了，今天他忽然認出是您，而且能叫出名字，實在太難得了！謝大姊，你多和他談談吧。」

王太太這天也特別高興，爲的王先生的記憶力居然好轉了。

「我……我不……不……認識注音……符號了。」

說這句話時，王先生的表情並沒有痛苦，我卻難過得只想流淚。過去曾在報上看到許多關於中風的例子，有的半身不遂，有的失去記憶力；但沒有想到中風這麼可怕，像王先生這麼有學問、達觀、終生獻身國語運動的人，得這麼一個怪病，老天爺未免太殘酷了。

我記不得當時和他談了些甚麼，反正他是答非所問的。他指著國語日報說：

「我認……認得……這是國……國語日報，這是一、三、七。」

他隨便指著報上的字說。

「壽康完全像個開始啟蒙的小孩，連一、二、三都要從頭學起。有時候認過幾次後他真的記得，有時候又都忘了。好在他自己沒有甚麼苦惱，苦惱的倒是我們。」

「唉！可惜他滿腦子的學問！」

我接著王太太的話說，深深地長嘆了一聲。

* * *

以後王壽康先生的身體越來越健康了。他不再整天躺在牀上；不再關在屋子裏，從窗口呆呆地望著天空。他常隨著太太參加甚麼集會。遇到過陽曆年、農曆年，他去師大參加團拜。中國語文學會開會，他也參加。見到誰，不論識與不識，他總會笑著和你打招呼。

「冰……冰瑩……您……您好。」

「謝謝，您好。」

「好……好熱鬧！」

這是那次在語文學會慶祝會上，聽到王先生的一句話，也是此生所聽到他最後的聲音。

＊　　＊　　＊

六十三年夏天，我來美之前，特地去看王先生，跑錯了地方，走到王玉川先生的家裏。我很高興，因爲玉川先生也是我想要拜訪的；他那時新婚不久，新娘子招待殷勤。坐了很久，才由玉川先生告訴我壽康先生的新地址；誰知找了很久仍然找不到，我只好失望而歸。

後來在報上看到壽康先生逝世的消息，我難過萬分。好在身邊還帶著他的遺書，每讀一次便有無窮的感慨。他信中所指的徐教授，也早已作了古人。當徐先生來舍下與外子聊天的時候，他知道我是寫「白話文」的，從來沒有罵過白話文，也從來不罵胡適之先生。好幾次我曾想問他撰寫「胡適與國運」，爲甚麼不用文言文？後來有朋友告訴我，他曾經問過徐先生，對方的回答是：「怕別人看不懂。」可見適之先生早有先見之明：提倡白話，不知便利了多少兒童和青少年！不知道促進了多少文化的進步！

想到人事無常，誰也免不了歸天，卽使活到一百歲，遲早要走的；只要在世時，多做些有益社會國家的事業，多造福人羣，那麼雖死猶生，精神永存，我們又何必過於傷心呢？最要緊的是繼續他們未完的工作努力下去，才是紀念他們最好的方法。

六十六年（一九七七）十一、二十三夜於金山

敬悼馬壽華先生

自從去年十二月看到中央日報，報導馬壽華老先生，在二十八日無疾而終的惡耗以後，我便萬分傷心，凡是見到從臺北來的熟人，特別是從事文化藝術工作者，沒有不談到馬先生逝世而嘆息的。雖然馬先生已是八十五歲的高壽，先一天還在參觀高逸鴻、龔書綿伉儷的畫展，當晚在實踐堂觀賞崑曲。他的突然逝世，正和齊如山老先生一樣，生於藝術，死於藝術，他們兩老不知是幾世修來的洪福，在沒有絲毫痛苦之中安然示寂，可說福壽全歸；但是留給他們的家屬及親友的傷痛太大了！

我已經記不清楚初次認識馬壽華先生，是在七友書畫展覽會上，還是在文協的會上？他老人家給我印象最深的，是在中山學術評議委員會上，那幾年，我們每月有一次常會，在永康街舉行，每次簽名，以先後爲序。

* * *

我從小就有守時的習慣，不論上課、開會、赴宴，我總是準時，有時還早到十幾分鐘。有好幾次我第一個簽名，第二位就輪到壽老（這是我當時的簡稱，有些人稱他爲馬木老，我覺得木老與木訥音相似，所以我改叫壽老。），於是我正好在這個時候，向這位詩、書、畫三絕的藝術家請教。對於他老人家在司法界的清譽，那是早就久仰了的。

「壽老，現在還沒有人來，我可以向您請教一個問題嗎？」

「不客氣，不客氣，有什麼事我可以幫忙嗎？」

「我從小不喜歡寫毛筆字，您是書畫家，有什麼好方法能引起我寫毛筆字的興趣？」

壽老聽了我的愚問，微微地一笑，他說：「興趣是要你自己去發現去培養的，寫字、書畫，也像其他的學問一樣，完全靠自己有恆的努力，也沒有什麼捷徑。」

短短的，簡單的幾句話，眞是金玉良言。我從沒有見到一個老人，像壽老一樣沉默寡言的。他眞有修養，在開會的時候，誰都想說幾句話，其中有一兩位的話特別多，常常發表長篇大論。遇到這種場合，壽老從來沒有不耐煩的表示，萬一他感覺疲倦的時候，就閉起眼睛來假寐，他是從來不遲到早退的。

壽老和梁寒操先生是審查書畫的，有一次畫沒有送來，他沒有事做，我心裏想：如果是我，就要早退了；但守法慣了的壽老，仍然規規矩矩地坐在硬椅子上。

「不管是國畫、西畫，都要統統掛起來，讓大家評審，因爲投票是大家的事情，不能由少數人決定。」

由這件事，可以看出壽老做事的負責、認眞、絲毫不苟的精神。

＊ ＊ ＊

生來愚蠢的我，儘管我愛畫，卻從來沒有想到要跟誰正式學畫。民國六十年八月三十一日，我由臺北來美，不幸在船上跌斷了右腿，在密西根施行手術之後，來到舊金山養傷，突然有一天，我的腦海裏想到一件令我感到萬分興奮的事，我想：我認識的書法家、畫家、詩人不少，何不寫信向他們徵求墨寶，將來裱成册頁，我有生之年，盡情欣賞，以慰寂寞、苦悶的老年；等到我上西天之後，就把這本集名家之大成的詩、書、畫三絕的册頁，交給歷史博物館保存。若干年之後，讓後代的青年男女，一打開，就可欣賞前輩名家傑作，實在太有意義了。

腦子剛想到這裏，馬上寫信，記得我在兩天內發出二十多封，我做夢也沒有想到第一個回我信，把字、畫寄來的是馬壽華先生，這裏是他給我的回信：

冰瑩女士惠鑒：十月十四日大函奉悉，前聞在輪船上跌傷，迄未函候，歉歉。示云迄今未癒，不勝懸念，想吉人天相，最近將來未必可痊癒也。囑畫之件已作就，大小係照所示尺寸（長十一英寸，寬九英寸。）茲連同拙書小橫幅一件寄上，請正之是幸。鄙況近粗平，足慰遠注。

肅此復頌

潭祺

馬壽華拜啟十二月九日

外竹石斗方一件

橫幅行書一件

這眞是我生平最大的高興和榮幸，眞沒料到壽老在百忙之中，居然這麼迅速地爲我寫字，畫朱竹寄來，我用什麼來感謝壽老呢？他是那麼認眞、負責、愛護後學，有求必應，眞有菩薩心腸。

去年四月，馬夫人去世，壽老悲痛萬分，我眞該死，連一封慰問信也沒有寫，至今想來，我太愧對壽老了！這深刻的無盡的內疚，將永遠地藏在我的心中，一直到生命的末日爲止。

壽老去了，祈禱他和夫人在天堂團圓歡聚，他的軀體雖然離開了我們；而他的公忠體國的精神，燦爛光輝的藝術生命，永留人間不朽！

六十七年一月廿五日於金山

追懷馬夫人沈慧蓮女士

傷心而又美好的夢

這眞是一個奇怪的夢：

我躺在三藩市醫院七樓B床的病床上，右腳高高地吊起，我感覺很痛，想要移動一下，不可能，彷彿用釘子釘牢一般；我按電鈴，一位黑男護士來了，我請求他替我放下吊起的腿，他說：

「不！不！醫生吩咐，至少在三天之內，你絕不可動。」這時，我打的全身痲醉針，還沒有完全清醒，我再三請求他，他仍然是不住地搖頭，最後他問：

「你痛嗎？要不要止痛藥？」

「要，要！謝謝你。」

他給我兩粒止痛藥，我吃下一粒，迷迷糊糊地睡著了。

「冰瑩，你好一點沒有？可憐的孩子，你太痛苦了，我來陪你，千萬別難過，不久就會好的。」

「馬夫人，你怎麼知道我的腿開刀的？你怎麼來了？趕快請坐，您來，我就不痛了。」

「是的，過去我是醫生，我能治病，現在老了，我只能休息了。」

突然，我想爬起來，用力把腿一抽，那條綁我的繩子斷了。立刻我的腿痛，大叫一聲，我醒了。

果然，我的腿在痛……

我睜開眼睛，向房子的四週搜索，那裏有馬夫人的影子？這只是一個夢，一個傷心而又美好的夢。我流著淚，又呑下一粒止痛藥。我在追思夢的來源，因爲一連兩晚我都失眠；我下決心要在八月十八號前（我開刀三個月紀念）把關於馬夫人（沈慧蓮女士）這篇文章寫完，寄給許志致女士，這是我在幾年前答應過她的，她把馬夫人的資料也寄來了，再不完成這篇文章，非但對不起馬夫人，也對不起志致；更有我自己的良心。

昨天午飯後，我躺在床上休息時，又重看一遍馬夫人的事略，所謂日有所思，夜卽成夢，眞是一點不錯。

馬夫人上天堂了，昨夜是第一次夢見她，她是來治療我的傷，來安慰我的精神，我太感激她老人家，也太令我傷心了！

往事不堪回首

認識馬夫人，是民國二十七年的春天。自從二十六年的七月七日，盧溝橋事變之後，我就天天夢想上前線。我恨日本軍閥，從很小的時候開始，三個哥哥，常常對我講起日本侵略我國的事實，我恨透了日本鬼；加之我在日本兩次，親身受到他們的壓迫和侮辱；我更恨不得殺死他們幾個才甘心；國仇加上私恨，民國二十六年九月，我以個人的力量，組織湖南婦女戰地服務團上前線了；可惜淞滬之戰，我們英勇的戰士，終於敵不過日本帝國主義者的飛機大炮；大場失守以後，就節節轉進。我退到漢口，因胃病大發，只好去重慶，接受新民報的邀請，主編副刊「血潮」；同時遵教育部次長張道藩先生之命，撰寫抗戰通俗小說。

就在那個時候，我在道藩先生請馬星樵（超俊先生）伉儷吃飯的時候，認識了馬夫人，她是那麼和藹熱情，眞是一見如故，她一開口就叫我冰瑩、冰瑩。「我正在打聽你的住址，夫人（指蔣夫人宋美齡女士）不久想開一個茶會，歡迎你和胡蘭畦，你們都是勇敢的女英雄，那時你千萬要出席呵！」

「當然，當然，夫人有命，敢不遵從。」

我回答馬夫人，她連忙駁我：

「冰瑩，你說錯了一個字；夫人不是命令你們，而是歡迎你們，夫人是主人，你們是貴賓呵。」

說得連道藩先生和馬先生，都大笑起來。

「不過，我那時也許不能領夫人的情，因爲我快要進醫院了。」

「什麼地方不舒服？」

「慢性鼻竇炎，需要開刀。」

「我想那時候，你也許早就好了。」停了一下，馬夫人忽然問道：

「你家裏有什麼人在這裏嗎？」

「沒有，就是我一個人。」

「什麼時候開刀？在什麼醫院？醫生叫什麼名字？」

「重慶市立醫院，陳大夫施手術，那一天我還不知道。」

「你一定要告訴我，那天我會來照顧你。」

「謝謝馬夫人的慈悲，開刀不用照顧的，有醫生、護士負責。」

「馬夫人過去當過醫生，開過醫院，她是個最愛護青年，熱心公益的人，你在前方爲傷兵服務，如今回到後方醫病，馬夫人去看護你，也應該的。」

道藩先生的話，又引起了一陣笑聲。

開刀房的特別護士

那天我們互相交換了住址，我沒有電話，馬夫人再三囑咐我：「那一天開刀？你一定早兩天通知道我。」

「不！我出了院，再去拜訪您老人家。」

「好，你不告訴我，沒有關係，我總有辦法打聽到的。」

馬夫人，就是一個這麼痛快熱情的人。

詳細日期和時間，因日記不在身邊，我已經記不清了，彷彿是早晨七點進開刀房，這是我第一次遇到的大手術。那時的麻醉藥，是用哥羅方，我記得很清楚；用一個滴了麻醉藥的鼻罩蓋上，我一聞到就要嘔吐，我大聲叫喊：「拿開，拿開！我受不了，寧願死，也不開刀了！」

「冰瑩，冰瑩，要忍耐，一會兒就好了。」

「她是不容易麻醉的。」

我聽到馬夫人聲音，心裏好高興，我連忙接下去說：「我不容易痲醉，多上痲藥吧！」他們眞的又倒了些痲藥，我慢慢地失掉了知覺。

醒來，已是第二天晚上了。

「馬夫人呢？」我問護士小姐。

「她昨天在開刀房站了七小時，今天一大早又來看你，現在她回去休息了，也許還要來的。」

「七小時？我開刀用了七小時嗎？」

「一點不少。」

「怪不得我的頭這麼昏昏沉沉，老想吐，我難過極了，小姐，我還想睡，請給我一杯水喝吧。」

「不要喝水，我送鷄湯來了，你已經兩天沒吃東西，一定很餓了，趕快喝碗鷄湯吧！」

馬夫人太好了，她眞像是我的母親，她又來看我了。我喝了兩口鷄湯；可惜一進腸胃，就吐出來了。我拚命搖頭說：「不吃，我要睡了。」

第三天，我清醒了，護士小姐告訴我：「馬夫人太好了，昨天她在你床邊陪你一整天，今天一大早又來看你，她說下午再來。」

忽然，我睜開眼睛，看到衣架上我那件淺紫色的夾衣不見了，我問護士小姐：

「我的衣服呢？」

「不知道。」

「難道有人偷去了嗎？醫院不會有小偷的。」

我自問自答。

「不會，絕對不會。」

小姐很忙，她笑著走了。

我從這時起，開始感到不安，腦子裏一直想到這件夾衣，出院時，我穿什麼呢？總不能穿著病人的衣服回家呀！

正在我萬分著急的時候，馬夫人提著那只小鋁鍋進來了。

「冰瑩，昨晚睡得好不好？不痛了吧？你的臉消腫了許多，不像前幾天一樣，像個大冬瓜。」

馬夫人說著，兩人都笑了。

「昨晚只痛醒三次，好多了，謝謝您老人家的掛念。昨天我請護士小姐借給我一面鏡子，一照，把我嚇死了！我簡直不認識自己，臉上是一片平原，分不出眼睛、鼻子、嘴巴，馬夫人，我那晚到底開刀開了幾個鐘頭？」

「七個小時。」

「七個小時？我的天，您老人家一直站在開刀房？」

「不錯。本來手術室，不准任何外人進去的；但我是例外，為了不放心，我請求陳大夫特別許可我站在那裏，我也穿上手術衣，戴上帽子、口罩，後來護士小姐又為我預備了一把椅子，眞是太好了。」

「我看見大夫，把你的上顎割開，翻上去，然後開始像挖煤礦似的，把你的兩塊腐爛了骨頭挖出來割掉。冰瑩，你不要害怕，現在一切過去了，一勞永逸，你再也不會為鼻病苦惱了。」

聽了馬夫人這段話，我眞不知道要如何感謝她才好。

「為什麼要七小時？」我問。

「這個，你就不知道了。鼻子距離頭腦、眼睛、嘴吧都接近，又是呼吸最重要的器官，稍為不小心，萬一有一點差錯，怎麼得了？你反正麻醉得不省人事，一點恐懼痛苦也沒有，我這個旁觀者，眞是膽戰心驚，暗中為你禱告上帝保佑你，使你平安度過這場災難。」她回答我。

「馬夫人，我眞不知道將來要如何報答您的大恩大德，要不是您的支持、安慰、鼓勵，我也許沒有勇氣走進開刀房，只因您說：『不要害怕，有我在你的身邊！』所以我就放心了，現在我們不談開刀的事，有一大個問題請教您。」

「什麼問題？你說吧。」

「我的衣服不見了，怎麼醫院裏會有小偷？」

「一定是你那件衣服太漂亮，所以小偷看上了；沒關係，我賠你一件吧。」

我總以爲馬夫人在開我的玩笑，原來她的手提袋裏，還有一件淺咖啡色的絲棉袍。

「冰瑩，對不起，害你著急了幾天，是我這個老小偷，把你的夾衣拿走了，我家裏恰好有現成的料子和絲棉，所以請裁縫一天就縫好了。我看到這麼冷的天氣，你還穿著夾衣，手術後，假如受涼感冒，如何得了？因此我一定要爲你做一件絲棉袍，又輕輭，又暖和，你一定會喜歡的。」

（寫到這裏，我的熱淚滾滾而下，馬夫人呵：我要到天上去尋找您，跪在您的面前謝恩……民國七十二年七月十二日，上午十點二十分寫至此。）

看到新的絲棉袍，和我的夾衣，我忍不住哭起來，馬夫人連忙抱住我，親我，她說：

「有這麼好的小偷，你應該高興才對，爲什麼哭呢？」

「您像我的母親，這麼關心我，愛護我，我太感動，太難過；您的恩德，我將來如何報答呢？」

「傻孩子，施比受，更有福。我們愛人，幫助人，是出於自己的愛心，是心甘情願的，難道還希望對方報答嗎？」

蔣夫人的茶會

大約是出院後的第六天，馬夫人親自送來蔣夫人的茶會請帖。我看過之後，面有難色地向馬夫人說：

「後天我不出席可以嗎？請您替我在蔣夫人面前說明，我鼻子開刀還沒有好，面孔難看，說話還有點痛，求夫人原諒，可以嗎？」

「不好，本來夫人早就要舉行這次茶會了，爲了等你開刀，所以改到後天，你不去，對不起夫人，也會使仰慕你的人失望。」

馬夫人嚴肅地說。

「我怎樣去呢？」

「傻孩子，當然我的司機會開車來接你、送你，不會讓你走路的。」末了又加上一句：

「那天我會陪你去的。」

在茶會上，我穿着馬夫人送我的新衣，第一次正式會見蔣夫人。我非常高興，只是因爲傷口還沒有好，我不能多講話。輪到夫人要我報告前方的工作概況時，我站起來結結巴巴地講了也許還不到三十句，就覺得不能支持了，夫人見我這副模樣，她趕快叫我坐下講，而且從她自己沙發背後，抽出她的椅墊遞給我，她是那麼關心別人，使我萬分感動。

「我看謝同志的病還沒有好，馬夫人，請您送她回去休息吧。」蔣夫人說。

「謝謝夫人，不好意思這麼快走，我再坐一會兒吧！」我勉強說。

「夫人那麼關心你，我還是早點送你回去休息。」馬夫人說。

她已經站起來扶我了，我太粗心，連椅墊都沒有送還給蔣夫人，就這麼向大家一鞠躬，說聲「謝謝夫人，對不起大家。」就走了。

馬夫人送我到家，坐了一會兒，看我躺下，爲我倒一杯牛奶，看到我喝完，然後再回去參加茶會，回頭又來看我，並且說：

「夫人非常關心你，說你如果需要什麼，叫我好好照應你，她說你太瘦，應該多吃點營養東西。」

蔣夫人的記憶力太好了，民國三十四年的秋天，抗戰勝利，她隨蔣委員長由重慶飛漢口的時候，袁雍太太和我，還有徐太太等婦女代表赴機場歡迎的時候，蔣夫人一見面便問我：

「謝同志，你的鼻子完全好了嗎？」

「謝謝夫人，已經好了。」

經過漫長的七年，她居然沒有忘記我的病，實在使我太感謝了。

僑胞回國，歡度國慶

從民國四十六年到四十九年，外子與我帶着小女莉莉，在馬來亞太平住了三年多，任教華聯高中，我因爲太想念臺灣了，於是提前回師大復職。

那年的雙十節國慶，有閱兵典禮，非常熱鬧。我在僑委會報到，領取出席證的時候，遇到袁夢君女士從檳城來，林秋美小姐從英國回來，於是我們三人，就代表馬來亞華僑參加慶祝；恰好香港的佛教團體，由覺光法師擔任團長，也是這個時候來報到，從此我們的座位老是排在一塊兒，無論到南部，在北部參觀任何機關，都和香港來的團體不分開。

輪到參觀婦聯會給將士縫征衣的工廠時，一進門就看到馬夫人，我高興萬分，連忙走上前去和馬夫人緊緊地握手寒暄，一位不認識的女士說：

「這位太太，你是華僑，國語講得這麼好，眞是難得。」

馬夫人聽了哈哈大笑，帶着幾分諷刺的口吻責備她：

「她那裏是華僑，她是謝冰瑩，你難道不認識她！」

「呵，對不起，對不起，眞是有眼不識泰山。」說得大家都笑了，笑得最開心的是馬夫人。

「參觀完了，和我一同回到我家去吃晚飯，幾年不見，我有許多話要和你談。」馬夫人說。

「對不起夫人，我這次是團體行動，節目排得滿滿的，明天一大早上高雄，等我由南部回來之後，一定來看您老人家。」

辭別了馬夫人，走進另一房間，遇到郭世祺太太，她是我們第一宿舍的鄰居，大家叫她「美人」的。她問我：「見到馬夫人沒有？她常常問起你，好掛念你呵！」

「剛才見到了，她老人家的精神眞好，還是天天來這裏嗎？」

「天天來，風雨無阻，大家一見她來，工作都特別起勁。」

舊話重提收乾女兒

馬夫人住在臥龍街，離師大的第一宿舍很近，因此我去拜訪她的機會較多，大部分總是和郭太太一塊兒去，因爲馬府養了一條狗，我有點害怕，其實那狗是不咬人的。有一次，我一個人去看馬夫人，先用電話約好，十分鐘後，我按鈴時，來開門的，竟是馬夫人自己。

「佣人買菜去了，我躭心你怕狗，所以我把牠鎖在後面，特地出來等你。」

「太謝謝您了。」

走進客廳，桌子上擺滿了點心，茶也泡好了，我們一面吃，一面聊。

「今天你怎麼一個人來？」

「每次要等郭太太下了班，吃完飯，洗好碗才能來，太不方便了，今天因爲想您，所以就自己跑來了。」

「眞巧，今天我上午去婦聯會，下午在家休息，正好和你多談談，在這裏吃了晚飯才回去。」

「謝謝您，待會五點鐘左右，還有學生來找我拿作文，我要早點回去。」

「冰瑩，我現在要和你舊話重提了。」

忽然，馬夫人撇開我回去的問題說。

「什麼舊話？」我眞的有點莫名其妙。

「要你做我的乾女兒。」

我哈哈地大笑起來：「馬夫人，您的年齡只比我大十四五歲，怎麼能做我的媽媽？」

「也許我們有緣，我一見你就喜歡你，要不，那年你鼻子開刀，我怎麼能在手術室陪你七小時？」

一提往事，我兩眼裏立刻湧上淚珠，我眞想倒在她的懷裏痛哭一場，叫聲「乾媽，親愛的媽媽！」可是，理智告訴我，不能感情衝動，別人知道了，一定會笑話，我收了數個乾女兒，如今老來做馬夫人的乾女兒，實在太不像話了。

「沒有旁人的話，我叫您媽媽好嗎？不要告訴任何人，也不要當着別人面前叫乾媽，好不好？」我難爲情地請求馬夫人。

「那成什麼話？我收乾女兒，是正大光明的事，爲什麼要偸偸摸摸，不讓別人知道？」

她生氣了，我連忙向她道歉：

「對不起，我說錯了，不是別的，只因我的年紀太大，有點難爲情。」

「沒有關係，你不願意，我不勉強你；但對你的感情，還是一樣，決不會改變的。」

寫到這裏，我的眼淚又流下了，唉！爲什麼我的個性這麼倔強，這是一件於馬夫人高興，於我無損的事，爲什麼要堅決拒絕呢？使她太失望，太難過，至今我還在後悔，等我那一天回到臺灣，我要跪在她老人家的墓前多叫幾聲「乾媽，乾媽，親愛的乾媽呵！……」

病房相見最後一面

六十八年的夏天，我從舊金山回臺灣探訪親友，蟬貞和我約好去看林語堂伉儷。林先生見到我們有無限的感慨，他說：

「我們在漢城開筆會的時候，我還覺得沒有老，可以演講、參觀、應酬；現在我感覺一天比一天老了，文思來得很慢、很慢，不像從前，下筆如流；你們年輕，千萬不要偷懶，多寫一點，不要像我一樣，如今想寫，已經力不從心了。」

我們聽了，非常難過，不知要說什麼好，只勸他多休息、多保重。

林夫人殷勤地招待我們吃了茶點後，因爲知道林先生那天，正在爲中央社趕寫一篇文章，我們不敢打擾太久，於是告辭出來，就在大門口攔住一輛計程車，直奔榮民總醫院。

「今天我們的收穫很大，一下午可以看到四人。馬夫人，天天在醫院陪馬先生的，你可以不要去臥龍街了。」蟬貞說。

我們先到病室看馬先生，他正在熟睡，我們站在他的床前，大約有五六分鐘，還沒有醒來，蟬貞在我耳邊悄悄地說：「我們先去客廳看馬夫人，待會再回來看馬先生。」

她領我走進會客室，果然馬夫人正在和一位少婦談話，她一見我們，高興的不得了，連忙一手抓一個，就站着談起來：

「冰瑩，你回來多久了？不再去美國了吧？」

「不去了，這次我是回來過農曆年的。明年元旦，我一定先去您府上拜年，在國外過年，實在太寂寞了。馬夫人，我好想念您呵！」

「總沒有我想你的厲害吧？」

「不！我想你更厲害！」

我們的對話，引得四人都大笑起來。

臨別時，我們又去病房探視馬先生，他還沒有醒來，因爲時間的關係，我們只好匆匆地趕回臺北了。

唉！誰又會料到，這次見面，竟成了我與林語堂、馬星樵先生、馬夫人三人的永別呢？唉！……

永懷恩情畢生難忘

我的慢性鼻炎，一直沒有斷根，在馬來亞第二次開刀，幾乎送掉了命；現在每個月還要去看鼻科醫生一次。每回不論在候診室、或者在診療室，我的心裏總是想着馬夫人，腦海中出現馬夫人的影子；特別是這次右腿第二次施大手術，更使我想念馬夫人，如果她還在世，我要寫封很長很長的信給她，重提四十五年前的舊事：她爲我的鼻子開刀，在手術室站七小時；爲我天天送鷄湯、牛肉湯；爲我做絲棉袍，……

馬夫人呵！這些像慈母一般的恩情，直到我生命結束的一刹那，永遠不會忘記；不！不！我們會在您的天堂，我的極樂世界見面的，那時，我會緊緊地擁抱着您，叫無數聲：

「我最敬愛的乾媽呵！……」

悼念豐子愷先生

自從沈九成先生送給我菩薩畫家豐子愷先生的「護生畫集」以後，我便想寫篇文章來紀念他老人家；後來又在「當代文藝」一二六期及「內明」六五、六六、六七三期上面，拜讀何葆蘭女士的大作「懷先師豐子愷」，想寫文章的衝動，越來越厲害。今天我又重讀一遍葆蘭的文章，再三欣賞護生畫，顧不得傷風咳嗽，我也要完成這篇文章。

當我還在長沙古稻田，第一女師讀書的時候，就愛看子愷先生的漫畫，那兩幅「花生米不滿足」和「瞻瞻新官人，軟軟新娘子，寶姐姐做媒人」的畫，至今深深地印在我的腦海中。

子愷先生蓄着很長的鬍子，雖然還不到六十歲，看起來，好像古稀的老人。我第一次看見他，是民國十七年的秋天，爲了崇拜他，愛好他的畫，不揣冒昧地寫了封信給他，請他爲拙作「從軍日記」畫一個封面，他回信一口答應了，我把這消息告訴春潮書店的夏康農和方撫華兩位先生，他們高興的了不得，方先生還開玩笑地說：「好呀，「從軍日記」有林語堂先生作序，豐子愷先生畫封面，一定紙貴洛陽。」

兩天之後，我收到封面了，畫的是一羣孩子們，手裏拿着刀槍，中間有一個比較高大的騎在馬上，很像一個指揮官，神氣十足；而那匹馬活像一條狗，夏、方兩位先生和我看了，都笑得合不攏嘴來。

「開玩笑，這那裏是子愷先生畫的？」撫華說。

「不是，是豐子愷先生的愛女軟軟畫的，她才六歲呢！你看豐先生的信。」

我連忙將信給他們看，原來書名和畫，連子愷的簽名，全都是軟軟的傑作。

「你喜不喜歡這封面？」康農問我。

「當然喜歡，只要有子愷兩字在上面，不論畫什麼都是好的；何況我最愛小孩，幼年時，我眞的當過『司令』，這封面太有趣了，明天我要去江灣，親自向子愷先生道謝！」我回答他。

* * *

眞慚愧，那時我雖然進了藝大；可是一點人情世故都不懂，什麼禮物也沒帶，我只兩手空空地去拜訪子愷先生。

一進門，首先自我介紹，子愷先生連忙和我握手，接着是豐夫人讓坐，幾個天真活潑的孩子，見了我這個陌生的鄉下姑娘，都靜靜地躲在一邊微笑，不敢和我談話。

子愷先生給我的第一個印象，仁慈、和藹、謙恭有禮，絲毫沒有大畫家的架子，我們眞是一見如故。他殷殷垂詢我在北伐當兵的生活，我也沒考慮豐先生是否有時間聽，嚕哩嚕嗦地說了將近兩小時才回上海，當時豐先生和夫人一定要留我吃晚飯，我婉拒了。

* * *

是二十六年的冬天，我率領湖南婦女戰地服務團，因東戰場戰事失敗，狼狽地回到了漢口，後來又去長沙停了一個短時期，朋友告訴我，子愷先生已由上海逃到了長沙，我馬上請他領我去拜訪，唉！可憐他們一家十口，擠住在南門外天鵝塘，一間很小的房子裏，那個替我畫封面的小姑娘軟軟，此時已長得亭亭玉立，見了我仍然害羞，提起封面的事來，她嫣然一笑地溜走了。

這次見面，我們的心情都是沉重的，眼看着敵人的大炮，摧毀了我們最重要的防禦工事，儘管我們可以用大刀，用我們的生命去和敵人死拚，究竟這不是最好的辦法，我們的犧牲太大，子愷先生這時只有沉默，說話的時候很少。

「緣緣堂還好吧？」

很久我忽然想到問起他杭州的家來了。

「沒有了，敵人到杭州後，我們的緣緣堂也被毀了，我倒並不替自己的房屋損失而傷心，我所擔憂的，是那些在炮火下犧牲了的無數生命。」

我默默地聽着，不知道要說什麼好。有菩薩心腸的子愷先生，不忍看見任何生物被殺，如今親眼看到慘無人道的日本軍閥，大肆屠殺我們的同胞，怎不使他傷心、痛恨！

後來子愷先生到了桂林，在師專任教，他的生活是那麼清苦，他在一盞如豆的菜油燈下，除了編講義，替學生改作文外，還每天抽空作畫，寫教師日記。這是他用像詩一般的散文寫的，是他的戰時生活紀錄，也是一部富有教育性的學術小品。

子愷先生從小就家境清貧；可是他從來不叫苦，他一生視名利如敝屣，看空一切，樂道安貧，終日手不停筆地畫着寫着。子愷先生是很幸福的，他有一位秀外慧中、溫柔體貼的好太太，能够吃苦耐勞、持家有道，教子有方，不論處理家中大小事情，都井井有條，待人接物，面面週到；子愷先生數十年來，能够完全不過問家事，而專心一致地忠於藝術，實在得力於賢內助的幫忙很大。

說起來，子愷先生和我眞是有緣，他在上海、漢口、成都、臺灣，每次舉行畫展的時候，我都在場，得以大飽眼福；沒想到三十八年的春天，我們又在臺北的中山堂會到了。他和章錫琛先生坐在一起，見到我，馬上站起來，我們緊握着手，彼此高興得說不出話來，這時許多的觀眾，來來去去，看到我們，都回過頭來，投以驚異的目光，於是我們坐下來，開始交談。

「豐先生，您這次來會久住臺灣嗎？」我問他。

「不，我只能停留一個短時期，展覽會開完之後，想到臺中、臺南一帶去看看，找點寫畫的材料。」

「爲什麼不在臺灣定居下來？您對於臺灣的印象怎樣？」

「好極了，眞是美麗的寶島，四季如春，人情味濃厚；只是缺少了一個條件，這是使我不能長住的原因。」

他用失望的語氣回答我。

「什麼條件？」我性急地問。

「沒有好酒。」他偏過頭來，悄悄地對我說，引得章先生和我都大笑起來。

的確，那時候，臺灣沒有什麼好酒，除了米酒，就是紅露酒，不像現在的臺灣，茅臺、竹葉青、紹興酒、高粱、大麯……什麼好酒都有；我想他那時不打算長住的眞正原因，並不是爲酒，而是爲了他一大家人出來不容易，當時誰也沒有夢想到，共產黨會這麼快席捲大陸的。

子愷先生是一位老當益壯，精益求精的藝術家，每次開畫展，都可以看到他的新作品。

* * *

他不但描寫現實生活，主要是發揮他熱愛生物的菩薩精神；他更愛國家、民族、人類，他待人和藹、誠懇，絕對講信用，答應人家的稿件，從來不誤期，舉個例子說：

民國二十九至三十二年，我在西安主編「黃河」月刊時，請他賜畫稿，每次都是如期寄來。三十五年，我執教北平師大，停了兩年多的「黃河」，又在北平復刊了，朋友都向我開玩笑：「黃河改道了！」至今我還保存子愷先生爲黃河作的兩幅插畫（本來還有三幅，不知誰拿去了），一幅是三個孩子和一匹馬，他們各人對馬有不同的看法，一個說：「馬兒打嚏了！」一個卻說：「馬兒咳嗽了！」另一個說：「馬兒罵我們了！」三個孩子各有不同的表情，各有可愛的姿態；另一幅是「托根大地中」，畫一個男孩子用鋤頭挖土，女孩兩手捧着一棵樹，等着去種，這張畫，寫於三十五年，前面那幅，寫於三十六年八月。

我從來沒有見過一位作家，像子愷先生一樣那麼認眞負責，不計較稿酬，有些根本沒有稿費的，他都以同一態度，對待那些向他求稿的編輯。有些人酷愛他的畫，而又付不起潤筆，連紙都沒有的人找上他，他一律奉送，毫無不高興的表情。

他生性愛孩子和自然風景，愛一切生物，他說：「孩子是純潔的，自然是偉大的，人的生死是有輪廻因果的，我們絕對不能傷害生物，誰知道自己的下一世會變成什麼呢？」許多兒童刊物和國語、常識教科書上面，到處都可看到子愷的漫畫，他變成了全中國孩子們最崇拜的偉大畫家。

子愷先生，生平沒有別的嗜好，除了喜歡喝幾杯酒，便是吟詩作畫、寫文章、翻譯書。他是開明書店的編輯，也是那裏的臺柱，三十五年萬葉書店出版的彩色版「子愷漫畫選」，是抗戰勝利後，第一部比較印得漂亮的畫集。

民國三十四年，子愷先生也住在成都，我們見面的機會較多，有時我們請他去少城公園喝茶，有時做幾樣素菜，請他來我家喝兩杯，他最喜歡我的兩個孩子勝兒和莉莉。

「什麼時候豐先生有空，請畫一幅比較大的送給我們，掛在客廳，使蓬篳生輝」，末了，我又加了一句：「還要一幅字。」

「你太貪了，豐先生爲『黃河』畫了這麼多，還不够嗎？怎麼好意思，常常剝削豐先生的寶貴時間。」

外子緊接着我的話責備我，使我很難爲情地趕快向子愷先生道歉。

「沒有關係，沒有關係，過兩天，字畫我一塊兒送來。」

「不敢勞駕，幾時我來府上取，千萬不要急，慢慢來。」

眞是個最守信用的君子，第三天，字畫都由子愷先生親自送來了。

我先打開畫：

一張四方形的小桌子，坐了三個人，另一面畫了一株梅花，畫題是：

「小桌呼朋三面坐，留將一面與梅花。」

「太好了！太好了！畫中的三人，就是畫的我們三個；梅花是我們的國花，也是我最愛的一種花，太感謝您了！」

接着再打開字看：

這是寫杜甫的聞官軍收復河南河北詩：

「劍外忽聞收薊北，初聞涕淚滿衣裳；
卻看妻子愁何在，漫卷詩書喜欲狂。
白日放歌須縱酒，青春結伴好還鄉，
即從巴峽穿巫峽，便下襄陽向洛陽。」

「這正是抗戰勝利後的寫照，太好了！太好了！」

記得我當時眞像孩子似的，高興得跳起來，不知道要怎樣感謝豐先生才好。那天我們很想請他在舍下多喝幾杯大麯；可是他堅說家裏有事，非回去不可，送他走出巷子以後，我心裏感到萬分難過。

在大陸時，我曾經看到過一篇有關豐子愷先生的文章，說他在青年時代是很瀟灑的，說話的聲音有高低抑揚，非常好聽；他喜歡用手指輕輕地敲打着椅子的靠手，彷彿拍着音樂的節奏一般；後來他因受了他的老師李叔同先生（卽民國七年七月在杭州虎豹寺出家的弘一法師）的影響，變得特別好靜，坐得很端正，兩手擺在膝蓋上，和朋友見面，雖然臉上表示很親熱的樣子；可是不大說話，除了有問必答之外，其餘的時間，就是沉默。據說子愷先生吃素、信佛，愛好靜坐，也是因爲李叔同老師的緣故。當他在杭州第一師範讀書的時候，李先生曾教過他的木炭畫，後來叔同先生出了家，子愷更欽佩李老師的人格和思想，從此他的漫畫改變了作風，每一幅都是勸人戒殺，他並不以說教的口吻來題畫，而是把劊子手下活生生的鷄、鴨、鵝、豬、羊等死前死後的悲慘現狀，用他的生花妙筆畫出來，使讀者看了，慈悲之心，油然而生，有許多人因爲看了護生畫集而信佛，而吃長素。他和弘一法師合作護生畫集，開始於一九二五年，那年大師正好是五十歲，初集五十幅，由子愷作畫，弘一法師題詞。他們還相約每十年出一集，以紀念大師的壽誕，還發願畫佛像一千幅，贈送給與佛有緣的人做紀念。

後來弘一法師圓寂後，護生畫三集，是請葉恭綽先生題詞的。記得子愷先生離開臺北的時候，有點依依不捨的樣子，他到了厦門之後，還來過兩次信，最後一封是三月二十四日寫的，他說到香港去，是爲了請葉恭綽先生題畫，同時還要舉行一次畫展，這正是葆蘭文章上所寫他每幅畫標價很低的那次畫展。子愷先生留給我杭州的地址，我寫信去，如石沉大海，永遠得不到他的回音。

子愷先生生於一八九八，歿於一九七五，在他七十七年當中，至少有半個世紀，整天日夜爲寫作繪畫而忙，在他的心中，從來沒有「我」字存在，這點，也許是受弘一法師的影響很深，他和弘一法師一樣地心情坦蕩，澹泊名利，有一顆赤子之心，有地藏菩薩的「我不入地獄，誰入地獄？地獄不空，誓不成佛」的菩薩心腸，我相信子愷先生和弘一法師早就在極樂世界團聚了。

這篇短文，我斷斷續續地寫了三天，心裏感到萬分難過，我的腦子裏，時時出現子愷先生的影像，有一次還夢見他替我改畫。那是三年前，我給臺灣的「小讀者」雜誌，寫了一個專欄，每月一封信，一共寫了十二封，其中一封是記述我小時候非常頑皮，曾經爬樓梯到屋簷下去捉剛孵出來的小麻雀，文中有兩幅插圖，是我摹仿子愷先生的；後來製版了，我看了很難爲情，我想自己既然那麼喜歡子愷先生的畫，爲什麼早年不跟他學呢？所謂日有所思，夜卽成夢，他什麼話都沒有說，只替我改了幾筆就不見了。

* * *

子愷先生是一位虔誠的佛教徒，他曾經於民國十七年，皈依弘一法師，取法名「嬰行」在陳慧劍居士著的「弘一大師傳」（臺北三民書局出版，共分三册）第二册三五二頁上面有這麼一段話：

「……今有中華民國浙江省、崇德縣（卽石門）信士豐仁子愷，於中華民國十七年九月二十六日正午，發菩提心，盡形壽，皈依三寶，永歸佛道，並由沙門弘一演音。代表本師釋迦牟尼佛，援手皈依，取法名『嬰行』，而今而後，永誌不渝，祈諸佛菩薩慈憫納受……」弘一法師念完之後，接着念三皈依，從此子愷先生更加崇拜景仰弘一法師，親近弘一法師了。

這是我永遠不能彌補的遺憾！

在外子與我應丁淼兄之邀，赴馬來亞太平華聯高中執教的三年當中，損失最大的是家中所藏的字畫，大部分都被老鼠、蟑螂咬得支離破碎，慘不忍睹！前面提到子愷先生的字和畫，也被咬破數處，後來經過補裱；勉強可以掛出來，至今留在臺北；還有我自己的許多稿件和日記，也都被老鼠糟蹋得一塌糊塗。鄭板橋的「難得糊塗」，「吃虧是福」也不見了。

其實，別的遺失了，損壞了，都沒有關係，唯有子愷先生的字畫，太珍貴了，想到他老人家親自送來東桂街七十二號的情景，彷彿是昨天的事，一切歷歷在目，而今已人天兩隔，再也無法向子愷先生道歉了！唉！

子愷先生的軀體，雖然離開了人間；但他的人格，他的精神，他的著作永垂不朽。

我現在參考傳記文學，關於子愷先生的著作目錄，分類列表如下：

一、漫畫之部

1.「護生畫集」第一、二、三、四、五集
2. 豐子愷漫畫集
3. 子愷漫畫全集
4. 子愷兒童漫畫集
5. 客窗漫畫
6. 刧餘漫畫
7. 又生畫集
8. 漫畫阿Q正傳（彩色版）
9. 毛筆畫册（共四册）

10. 大樹畫册

二、小品散文

1. 緣緣堂隨筆
2. 緣緣堂再筆
3. 子愷小品集
4. 隨筆二十篇
5. 車廂社會
6. 甘美的回味
7. 教師日記
8. 率眞集
9. 八年離亂草
10. 貓叫一聲（兒童故事畫）
11. 小鈔票歷險記（兒童故事）
12. 博士見鬼（兒童故事）

三、音樂之部

1. 音樂入門
2. 音樂的常識
3. 音樂初步
4. 近世十大音樂家
5. 世界大音樂家與名曲
6. 近代二大樂聖的生涯與藝術
7. 音樂十講

四、藝術之部

1. 西洋美術史
2. 藝術教育ABC
3. 構圖法ABC
4. 西洋名畫巡禮
5. 藝術教育
6. 雪舟的生涯與藝術
7. 繪畫與文學

8. 現代藝術綱要
9. 藝術論集
10. 藝術與人生
11. 藝術叢話
12. 藝術漫談
13. 藝術概論
14. 現代藝術十二講
15. 西洋畫派十二講
16. 藝術趣味
17. 藝術修養基礎

五、翻譯部份

1. 獵人筆記
2. 苦悶的象徵
3. 音樂的聽法
4. 初戀

5. 世界大作家畫像
6. 石川啄木小說集
7. 我的同時代人的故事
8. 音樂的基本智識
9. 蒙古短篇小說集（7.8.9.三書係子愷先生與他的三女一吟合譯）
10. 夏目漱石選集（與開西合譯）

一九七八年三月十七完稿於金山

哭貫一兄

——遙寄黃泉

一

貫一兄：

萬分感謝你在丙辰年的元旦晚上來看我，眞不知道要如何表示我衷心的感激；可是一兄，你不知道我見到你之後，心裏是多麼悲傷！初二早晨在等待巴士去牙科醫生那二十分鐘之內，我的眼淚一直流個不止，好心的美國小姐問我：

「是怎麼回事？我能幫助你嗎？」「謝謝你。」我含淚回答她，眼淚流得更多了。

當她第二次再問的時候，我不能不告訴她：「我的宗兄死了！」

「那太不幸了，你不要難過，勇敢一點。」

「十年了！」

我突然說出這三個字，她問我：「你是說他死去十年了嗎？」

我點了點頭。

四十五路車子來了，她讓我先上去，乘客很少，她坐在我的左邊，我的眼淚仍然無法止住，好幾位老太太，都用驚訝的眼光注視我，這位小姐輕聲地告訴她們：

「她的哥哥死了十年，她很傷心！」其實她那裏知道我眞正的傷心呢？

貫一兄，自從你和我們永別之後，這是第二次你來看我，第一次，記不清是那一年了，我們在基隆海灘，你看我和孩子們在拾貝殼，你告訴淪生兄妹：「你姑媽像個小孩，專喜歡小玩藝兒，她彎着腰撿太辛苦，你們替她多撿一點，把好看的都給送她。」

突然，你的影子消逝了，我很失望，難過，我心裏想：像你這麼忙的人，是沒有閒情逸致來到海灘拾貝殼的，我埋怨你沒有陪我多玩一會兒，我握著貝殼去追你，不小心，右腳踢着一塊石頭，我摔倒了。

醒來，我知道是夢，再也睡不著了，我感激你對我的關懷，你沒有忘記我愛小玩藝兒。

一哥，昨夜，你又來到我的夢魂中，這次時間比較長，我們在金門橋畔凝視着橋下滾滾的流水，我告訴你，我近來的心境，你勸慰我：

「冰妹，你要堅強，不可灰心，我是從來不消極的，不管有多少困難，我都要想法克服，我時時刻刻都在奮鬥，我是永遠積極的！」

感謝你給我的鼓勵，我一定聽你的話，我決不消極，我要戰勝病魔，繼續我過去的奮鬥精神，再接再厲。

唉！一哥呵，你爲什麼不和我多相聚幾分鐘？你去得那麼匆忙，那麼快。

夢，這是一個好夢，也是一個使我更傷心、更悲哀的夢！

二

三週前，收到方圓先生自基隆來信，他說：「謝貫一先生去世十年了，今年大家要替他出一個紀念專集，請你趕快寫篇文章寄來。」

不久，又接到子培轉來梁舒里兄的信，也是同樣的要求。

我讀着他們的信，心裏又難過又着急！因爲我的眼睛有病，不能寫文章；加之，這一年來爲了各種疾病的侵害，是我情緒最低落的時候，什麼文章都不想寫，何況是有關哀悼一類的？一哥，我眞羨慕你，你是有福之人，在痲醉後的手術檯上去世，你絲毫沒有痛苦，你得到了永久的解脫；但你可曾知道留給一嫂的痛苦多麼大？多麼深？她的眼睛爲你哭得幾乎瞎了，她的健康爲你整個毀壞，她活著太痛苦、太悲哀，你知道嗎？你太殘忍、太自私，可是我不能責備你，因爲這不是你自己可以做主的，所謂死生有命，「閻王要你三更死，不會留你到五更。」小時候，媽媽曾說過這句話，我牢牢地記在心中。那時候，我不懂得什麼叫「生」，什麼叫「死」，更不知道什麼叫傷心、悲痛，唉！一哥，讓我來回憶一下，我們在臺灣重逢的經過，以及你去世後留給我的傷心吧。

三

三十七年的秋天，我接受臺灣省立師範學院（卽現在國立臺灣師大前身）之聘，自北平來到臺北。有一天，偶然在報上發現你的名字，我高興萬分，心想：難道貫一就是謝國瑛嗎？我驚喜，我又懷疑，很想跑去基隆，冒昧地去看你，又怕有同名的，萬一認錯了人，豈不難爲情？我正想去打聽你的籍貫和履歷；突然有一天上午，一位不速之客來敲門了。

「冰瑩在家嗎？」

「在家，請問：你是那一位？」

「我是貫一，從基隆來的。」

聽聲音，就知道是一哥，但我還不敢斷定你就是基隆市長謝貫一。

我出來開了門，一見，果然是一哥，我們緊緊地握着手，竟不知說什麼好，還是你先開口：

「那裏有這種道理？妹妹不先來看老哥哥，反而要哥哥先來看妹妹。」

「對不起！對不起！」我連忙向你道歉：「不是不來看，而是不敢來，因爲你做了官，我怕侯門深似海，像我這副模樣，衛兵會把我趕出來的。」

「你這是什麼話？你現在就跟我去基隆市政府看看，有沒有守衛的？任何老百姓要找我，隨時可以直入我的辦公室，絕對沒有人會攔阻他。」

「眞的嗎？」我有點懷疑。

「當然是眞的，不信，你馬上跟我去。」

「唉！我錯了，要是知道你是這樣平民化的，我早就來看你了。」

經我向你再三道歉之後，你不再生氣了。談到二十三年前的往事，不知有多少感慨：那時你是雅禮大學的高材生，我在稻田女師讀書，我們常常在你的大哥幹靑先生家裏「打牙祭」；雖然我們只是同族兄妹，可是從小認識，就像一家人一樣。在基隆，你是個大忙人，我們第一次在臺北見面，僅僅喝了一杯茶，談不上十分鐘，你就匆匆忙忙地走了，只留下市府私人的辦公電話，和家裏的電話。我因功課忙，還沒有來得及去看你，兩個星期之後，你又來到我家。

「冰瑩，有鷄蛋沒有？趕快弄碗蛋炒飯給我吃，我餓死了！」

「是怎麼回事？一哥，你快告訴我，怎麼嫂嫂不給你飯吃就出來？」

「老實說吧，今天開了一下午的會，六點有人請吃飯，我按時去，主人還沒有來，我的肚子餓得咕咕叫，一個人又不敢去餐館，怕遇着熟人，想了一下，還是來你這裏解決民生問題的好。」一說完，你自己先笑了。

「呵，原來如此。」

我一面笑，一面去爲你準備菜。「我說過，什麼菜都不要，只要一個蛋，炒一小碗飯就够了，近來我又在鬧胃病，吃不多。」

「你的胃病是忙出來的；要好，就得多休息。」

「還談什麼休息？那些公事，夜以繼日地看，都辦不完呢！」

在蛋炒飯裏面，我加了一點葱花和榨菜肉絲，你吃得津津有味地說：

「你去基隆開餐館吧，我一定天天來捧你的場，家裏不用開伙了。」

你開玩笑地說。

你就是一個這麼隨和的人，你從來不挑食，不講究穿，到什麼地方都是隨遇而安；最特別的，是你生在農村，完全是一副鄉下人的性格。你生性忠厚，心地善良，以慈悲爲懷，待人和藹誠懇，在別處作官的情形，我不知道；但在基隆做市長十年這段時間，我是親眼見到的：你不但沒有絲毫官架子，不論任何老百姓，都可直接走進你的辦公室，把心中要說的話，坦白地告訴你，請你幫忙解決問題；於是你就把對方的姓名、地址和要求，一項一項地寫下來，交給秘書、科長去辦。基隆市的民眾，誰不擁戴你？說你眞是個父母官？而你自己也覺得很安慰，總算盡力爲市民謀求福利，盡到了除暴安良的責任。你從不爲自己打算，妻子兒女的生活，你並不放在心上，你眞的做到了公而忘私，犧牲小我，成全大我的地步。更難得的，是一嫂蕭雲英女士，她也像你一樣好客，家裏經常是「座上客常滿，杯中酒不空」的熱鬧場面；但是並不奢華，幾樣蔬菜，一盤炒蛋，一瓶廉價的紅露酒，大家吃喝得津津有味。一嫂够得上是一個相夫教子的賢慧太太，她不喜歡出外交際；更不會和那些達官貴人的夫人應酬，每天都在屋裏料理家務，照顧兒女。普通一個市長公館，總有男女佣人和副官之類，負責打掃庭園，料理家務，看管孩子的工作；可是「謝市長公館」裏，除了一個男工幫忙做一些笨重的工作之外，其他事情全部由一嫂操作，包括侍候幹老養病的一切雜事。（註：幹老是幹青先生，爲一哥的長兄，由大陸逃出來，住在他們家中休養，是湖南華洋義賑會的負責人，爲人仗義輕財，大公無私，熱愛國家民族，克己厚人，是一位治家有法，一介不取

是個壞官，你馬上殺了我；要不然，你就放我。」

說到這裏，那位強盜頭子，立刻向貫一兄作揖說：

「謝縣長，我們錯了，你的確是個好人，我們不應該抓你，使你受驚的；現在請你殺了我，放了這幾位弟兄吧。」

貫一兄說到這裏，我眞有點毛骨悚然，我擔心這是強盜的圈套，可能會把他殺傷的。

「後來呢？」我性急地問。

「後來沒有事了，他們馬上放了我，而且統統改邪歸正，從此作良民，再也不做強盜了。」

「一哥，你眞好，不以威服人，而以德感人，你成功了！」

「所以我希望你找一個比較長的時間和我談話，我要把這二十多年來的生活和遭遇，多告訴你一些，你可以當作小說材料寫；不過，你要記住，這不是虛構的故事，而是千眞萬確的事實；還有許多『新官場現形記』的材料，暫時不說，我怕你馬上就寫它。」

唉！這些話，我時時刻刻記在腦海裏；只是太對不起你了，我直到如今，沒有把你的故事寫出來。一哥，你在陰間，會原諒我嗎？

有許多個星期日，不論春夏秋冬，只要天晴，我們就來基隆玩，孩子們都去海灘拾貝殼，我利用你的書房寫文章，你是從來沒有假日的，我奇怪你整天日夜又忙又累，怎麼不生病？

「一哥，你太不愛惜自己，不會節勞了。不論什麼人來找你，你都接見，還留他們吃飯，浪費了多少精神和時間。」

我有一次這樣不客氣地說你。

「唉！你不知道，凡是來找我的人，都是有問題的，我不能立刻幫忙他，至少給他一點精神上的安慰，留他吃一餐飯又算得什麼？也許他袋裏空空，遇到吃飯的時候，難道好意思下逐客令嗎？」

說得我啞口無語，慚愧地低下頭來。

五

貫一兄辭掉基隆市長之後，負責創設高雄加工出口區，你好幾次來到我家找伊箴去幫忙，都被他婉言謝絕了，你很失望，甚至傷心，最後你對我說：

「冰妹，你多勸勸伊箴，千萬幫幫我的忙，我一向避嫌，不敢約他，現在我要跳火坑，難道你們忍心袖手旁觀嗎？」終於你的誠懇態度，感動了伊箴答應去幫忙你籌備，等到正式成立以後，他就立刻回臺北。

一哥，你嘔盡了心血，把一件富國利民，史無前例的事業創立起來，本應當好好調理你的心臟病；但是你的責任心太重，仍然是日夜忙個不停，每週來往於高雄臺北兩地，奔波勞碌，席不暇暖，我時刻在爲你躭心。有一天，我看到你上樓那種下氣不接上氣的樣子，就警告你說：

「一哥，你已經到了放緊急警報的時候，應當顧一顧自己的身體了。」

「唉！」你突然深深地嘆了一聲：「萬事起頭難，加工出口區剛剛成立，還有很多事要做，我怎能放下呢？只好鞠躬盡瘁，死而後已。」

唉！一哥呵，果然你應了諾言，你的生命終於爲加工出口區犧牲了！

六

我記得很清楚，那是你赴美治病的前夕，我們去你家送行，飯後，你要伊箴和我陪你在中華路買兩口旅行箱。

「明天就要上飛機了，怎麼到現在還沒有箱子裝行李？」我質問你。

「來到臺灣以後，就沒有出去過，有幾口破箱子，早就不能用了，坐飛機要用輕一點的，難得你們來了，就陪我去買吧。」

於是我們到中華路，三個人慢慢地一家一家地走，看那些塑膠和帆布做的旅行箱，爲了價錢相差十塊八塊，你就寧可多跑幾家。我素來不耐煩討價還價的買賣，我說：

「一哥，買了吧，不要爲了幾塊錢多跑路了；你今天太累，應該早點睡，明天要坐一整天飛機，怪辛苦的。」

「我知道，你也累了，一定想早點回去休息，那就買了吧。」

那晚我們身邊帶的錢不多，沒有替你付錢，心裏很難過。看到你從口袋裏掏出錢來，我連照例的客氣話，都沒有說半句。

伊箴一手提一口箱子，你搶著要分勞，我阻止了。

突然，你停住了，眼望著一本書。

「老闆，這本書多少錢？」

我連忙走上前來看書名，赫然是三個大字：「玉梨魂」。

「一哥，你發什麼神經？這種無聊的書，也值得你看！」

我生氣地說。

「在飛機上有這麼長的時間，無聊解悶時，隨便翻翻，有什麼關係？」

「不！我不許你看！在飛機上，你大可和一嫂談談心，當作你們的蜜月旅行；再不然，閉目養神，比看書有益多了。」

我從你的手裏把書搶下來，放回櫃臺上，老闆娘狠狠地瞪了我一眼，我知道她心裏一定在恨我，我沒有理她，就拉著你走了。

從這時起，我的心裏就有一種不祥的預感。「玉梨魂」是一部言情的悲劇小說，我在讀初中時候就看過，爲什麼不選擇別的小說，單單選上了它？難道……

自然，我不敢往壞處想，也不應該往壞處想。我沒有把這種預感告訴任何人，直到你在美國醫院的開刀房逝世的惡耗傳來，我才證實了那晚爲什麼你要買「玉梨魂」？爲什麼我心裏那麼忐忑不安，盡往壞處想？

七

一哥，你去了，三千六百五十個日子，不知道你在天上是如何過的？你知道自從你永別人間之後，一嫂是如何地傷心，日夜過著以淚洗面的生活；她全身都是病，常常從樓梯上滾下來，倒在地板上呻吟。她不止一次地告訴我，你那天被推進手術室前，你含著微笑向她招手，她虔誠地爲你祈禱上蒼保佑你安全出來，誰知道你竟在手術檯上結束了你辛苦、勞碌的一生。唉！一哥，你自從由雅禮大學畢業，赴美留學回國，把你的一生精力、學問、生命獻給國家民族，你仰不愧於天，俯不怍於人，你從來沒有替自己打算過，你是一個絕對不自私、不專制、不獨裁的人；不論做一件什麼事情，你都要徵求同事們的意見，關於你這些美德，和清高的人格，我不想多說了，我只懊悔，爲什麼那晚你送我們回家，不勉強你來我家多坐一會兒？爲什麼不極力反對你去美國求醫？如果在臺灣治病，也許你現在還活着；爲什麼我不多聽你的故事？唉！一哥，寫到這裏，我又淚如泉湧，無法繼續下去了。

舒里兄又寄來第二封催稿的信，他說：在你離世的最後一封遺書中，還在記掛着我們，一哥，你對我們太關心了；但我對不起一嫂。這幾年我們在海外，沒有盡一點照顧她的責任。今年是你逝世十週年紀念，我們也不能去善導寺爲你念經祭奠。海天遼闊，白雲縹緲，心香一瓣，祈禱你在天之靈平安。一哥，你好好地安息吧……

六十六年（一九七七年）二月二十八日於舊金山

魂牽夢縈伍稼青

「謝先生：告訴您一個不幸的消息，家父已於一月十二日去世了！」

這是伍稼青先生的公子大中給我的電話，當時我嚇呆了，彷彿做了一個惡夢，又像從天上掉下一顆炸彈，我不知要說什麼好，稍停，我問大中先生：

「令尊是什麼病？」

「心臟病，血管阻塞。」

「為什麼不早告訴我？讓我去看看他。唉！現在……」

明知這是一句後悔莫及的話；但我當時眞是心亂如痲，不知該說什麼好，心裏有一種說不出的悲哀，傷痛。唉！老朋友又走了一個……

大中先生也說不出什麼，只希望我寫點紀念他令尊的文章，我連忙回答：「沒有問題，我一定寫！」

話已經說出來了，從什麼地方寫起呢？

想到林寶權校長（我叫她大姐）與郭昌鶴老友……都去世了，想了這麼久都寫不出一個字來，怎麼辦呢？

四十年前的文友

回憶起來，已經將近是四十年前的事了，吳愷玄先生主編「暢流」（現在吳先生伉儷早已作古），稼青先生和我都是「暢流」寫稿的文友，因爲興趣相同，伍先生告訴我：他生來有旅遊癖。我也一樣，談起遊記來，我曾經說過：

「劉鶚的「老殘遊記」和徐宏祖的「徐霞客遊記」是我最喜歡讀的，如今伍先生的遊記，比他們兩位作家的還要精彩，還要引人入勝。我也是個最愛旅遊的人，可惜我國的五嶽，我只兩遊衡山，兩遊華山，臺灣的風景區到過不少；可是比起您來，太少，太少了！」

遇到談風景，我們的話匣子一打開，就沒有完的時候。自從民國六十二年伍先生來美後，他曾兩次來公寓看我，一次由大中的夫人陪來，一次由孫女文英小姐陪同。我記得很清楚，每次他來，總要帶禮物來，有次是粉紅色的年糕，有次是火腿粽子，都是大中夫人親手做的，在美味之上，又加上濃濃的友情，因此特別好吃。

寫到這裏，我萬分對不起稼青先生和他的一家。我因腿傷兩次開刀，行動不便，兒女都不在加州，搭巴士又不識路，我幾次想厚着臉皮寫信給伍先生，什麼時候大中君有暇，在他下班後帶我去他府上專誠回拜；但又想到大中君還要送我回來，太麻煩了，因此作罷。唉！早知我們這麼快就永別，再麻煩也應該去看他，和他談個痛快。唉！稼青先生，您在天上，能够饒恕我的少禮嗎？外子伊箴是稼青先生的東吳老同事，他也非常難過，後悔沒有去看他。

稼青先生待人誠懇，和藹可親，他對任何人都是那麼忠實熱情，虛懷若谷，寫了三百多萬字的作品，還不承認是作家。他的興趣是多方面的，愛音樂，喜歡繪畫，從小愛文學，七歲開始從祖母那裏熟讀千字文、千家詩、唐詩，過目不忘，記憶力、理解力都很強。他喜歡搜集民間諺語，研究俗文學，關於他的著作，還有未經發表、出版的，我想大中先生一定會爲老父整理出版的，我期待着拜讀。

夢中所見微笑頷首

自從知道稼青先生仙逝後，我一連三晚都是靠安眠藥度過的，昨夜使我最高興，居然在夢中見到了稼青先生；可惜他沒有說一句話，只微笑一下，點點頭；還夢見林寶權大姐，她也不說話，站在那裏大約有半分鐘；同時還夢見先母，已經好幾年不見她老人家了，居然也來和我會面。

唉！這是個令我高興的夢，也是個使我傷心流淚的夢，醒來，我的枕邊還有淚痕………

寫到這裏，我太難過，實在寫不下去了！

祝福稼青先生和我所有在天上的親友永遠安寧………

七六（一九八七）年三月二十四日早寫於舊金山

哀一面之緣

在聯合、世界、中央……各報，以及其他雜誌上，讀到許多追悼、紀念葉公超先生的大作，對於葉先生的道德文章，以及愛國操情，在外交上打過不少勝仗的豐功偉績，已經有人早就寫過；而且將來在外交史上，一定有詳細的記載；本文所記述的，是冰瑩最初，也是最後與葉公超先生有一面之緣的故事。自從在報上，看到他老人家仙逝的消息後，我便從許多畫家、書法家的作品裏，找出葉先生爲我畫的一幅墨竹來，望着，望着，我的眼淚，不覺涔涔而下……

與葉先生見面，前後只有十分鐘，談話不到十句，我們會見的經過，要從開頭說起：

民國六十七年，七月二十日下午兩點四十五分，延俊開車來陪我去拜訪陳子和葉公超兩位先生，目的是想向他們討一幅墨寶，我對延俊說：「葉、陳兩位先生那麼忙，又都是要人，不會給我字畫的。」

「陳老師沒有問題，包在我身上，他是英英和我的老師；只有葉先生的確是個大忙人，我就不敢說了。」那時延俊和英英都在陳子和先生處學書法，所以他這麼說。

和陳先生會見，是預先約好了的，延俊說：「葉先生和陳先生同住水晶大厦，臨時打電話就行，萬一葉先生不在家，下次我再陪您去。」

陳先生非常健談，我們雖是初次見面，他卻把我當做老學生似的，說了許多有關繪畫方面的話，使我得益不少。

在陳府借電話找葉公超先生，他沒有回來。

「也許這時候，葉先生在睡午覺，我不應該打攪他的。」我抱歉地說。

「不會，葉先生和我一樣，午飯後，在習慣上要休息一下；但有電話來，我們還是要接的。」

由這幾句話裏，可以想見他們兩位是如何平易近人，沒有一點架子。

辭別了陳先生出來，關於畫事，由延俊來取。

* * *

自從六月二十八飛臺北，到十一月二十六只差兩天，整整五個月，我除了體檢住三軍醫院十三天，和麗英去中南部旅行兩週之外，都是在臺北和朋友、同事、學生歡聚的日子，我不懂在這麼長的日子裏，何以不去看葉公超先生，偏偏等到十一月二十六下午，離上飛機只剩兩小時，我從銀翼食堂出來（那天是赴陳舜耕先生的午宴，萬分抱歉，我只待了十五分鐘，就匆匆地告辭了，我在先一天已在喜萬年，吃了陳先生請的燒餅油條），雇計程車直奔水晶大厦，進門一問，傳達告訴我葉先生有事外出，不知什麼時候回來，叫我留字。

「我可以等他一下嗎？」

「當然可以，不過一小時、兩小時說不定。」

「那可以等，能不能借條凳子給我坐一下？」

傳達見我拄着手杖，他讓我進他的房間坐。

「你的運氣眞好，來了！來了！葉先生回來了！」

我剛坐下，聽到這聲音，高興極了，馬上站起來迎接剛下汽車的葉先生。

通名報姓之後，葉先生立刻引我乘電梯上樓進入他的房間。

「好像幾個月前，你曾經來過一次，陳子和先生交給我一張名片，有什麼事嗎？」

這時，我眞欽佩葉先生的記憶力，連忙說：

「想請葉先生替我畫一幅小畫。」我開門見山地說，一切客套都免了。

「多大?」

「九英寸乘十二英寸。」

「太小了,你爲什麼不要一幅大的?」

「我不是掛在客廳用的,我要用來裱成册頁,我活着的時候,天天拜觀,和朋友一起欣賞,我死後,就送給歷史博物館保存做紀念。」

「你這倒是一個很新奇的計畫。好,我答應你,什麼時候要?」

「非常抱歉!我三點就要去飛機場,今天下午飛舊金山,葉先生什麼時候得暇,請畫好放在陳子和先生處,我有位朋友,是您的本家,會來取,連同陳先生的畫,一塊兒寄給我。」

「好,就這麼辦。」

我想不到一位叱咤風雲,在國際赫赫有名的外交家,是這麼慈祥和藹、誠懇爽快的謙讓學者。我把鹿谷蔡文見先生送我的兩筒凍頂烏龍茶送給他,起初他不肯收,經我再三說明這是表示我一點誠意,他才收下。

回到宿舍,子培急得在跳:

「謝老師,您是怎麼搞的?這麼多人等着您上飛機,您卻姍姍來遲,陳先生請您喝多了酒嗎?」

「沒有，沒有！告訴你們好消息，我見到葉公超先生了，他答應送我一幅畫，現在我們就動身吧，朋友們再見，再見！」

* * *

到金山十天後，我就收到由延俊轉來葉公超先生與陳子和先生的畫。葉先生的墨竹，大小三枝，葉葉蒼勁有力；陳先生的古松，氣象萬千，堅貞挺拔，題有「經世未能吾與汝，年年空負歲寒姿。」

唉！世事無常，人生若夢，古今同嘆！誰想到與葉公超先生僅一面之緣，就此永別；他如今遠去了，但存在我腦海中的印象，卻永遠地那麼美好，那麼深刻，那麼悲哀。……

三十年前一架照相機的故事

——追念張道藩先生

道藩先生逝世一年了，很久就想寫篇文章悼念他；可是要說的話太多，眞不知從何寫起。

民國二十六年的冬天，正是對日抗戰開始的第一年，我隨着第四軍轉進到了漢口，帶着湖南婦女戰地服務團的十多位團員，住在漢口市婦女會。一天晚上，有位美麗大方，說得一口標準國語的小姐來找我；幾句初見面的寒暄過後，她把手裏一個紙包交給我，微笑地說：「這是我一個朋友送給你的一件珍貴而實用的禮物，請你收下。」

「你的朋友？誰？我不認識他，他爲什麼送我禮物？我不能接受。」我嚴肅地回答她。

這眞是一個富有戲劇性的晚上。我和這位小姐（後來才知道當時她是羅隆基太太）素昧平生，她來訪我，一見如故，談得那麼痛快。我正在懷疑她爲什麼對我這麼親熱時，她卻把那個大紙包給我；我不肯接受，她自己把紙撕開來：「哪，你看，這是一個柯達克的照相機，很名貴的；還有兩打一二〇的軟片。那位朋友知道我今晚來看你，特地親自去照相館買的，要我轉送給你，希望你在前線多拍些戰士們英勇作戰和戰地風光的照片寄回來，好給後方的同胞們看看。」

「王小姐，究竟你這位朋友貴姓？我不認識他，爲什麼他要送我照相機？」

「你一定要知道他的名字嗎？他叫張道藩，也許你看過他翻譯的「蜜月旅行」、「狄四娘」之類。」

王右家女士把「張道藩」三個字說出口時，我不覺大大地吃了一驚！

「他不是現任的教育部次長嗎？」（那時部長是陳立夫先生，還有位次長是顧一樵先生。）

「是的。」王右家女士連忙接着我的話說：「你不要以爲他做了次長就是官，他一點官架子也沒有。他還說，你要是不去前方了，教育部要請你當編輯，專門寫通俗的抗戰文學。」就這樣，我還沒有見到張道藩先生，就先接受了他送我的禮物：一架很名貴的照相機、兩打軟片。

那年冬天，我因胃病大發，鼻子又要施手術，所以暫時留在重慶。一面主編新民報副刊「血潮」；一面在教育部擔任特約編輯，寫抗戰通俗文學。像「苗可秀」、「毛知事從軍」等，都是那時的作品。

道藩先生主持中央文運會時，我們見面的機會很多。有時在中國文藝社，有時在淸閣那裏。她那時主編「彈花」，道藩先生見了朋友就幫着拉稿：「大家多寫點文章來支持淸閣，她一個人是辦不好刊物的。」

* * *

三十二年春天，我由成都回到湖南故鄉，爲先父母掃墓，來回都住在文運會的招待所裏。道藩先生和我談到怎樣展開文化運動時，他很感慨地說：「我們的責任太重了！共產黨的詭計很多，他們表面上和我們合作，其實滿肚子的鬼主意。他們時時刻刻在利用我們，而我們對他們老老實實。你看郭沫若做了政治部第三廳長以後，狐狸尾巴不就露出來了嗎？如今他還是文化工作委員會的主任委員，從俄國回來之後，很明顯地他是親共的。」

於是，我們談起郭沫若那篇「蔣委員長會見記」的文章來，道藩先生哈哈大笑道：「眞沒有骨氣，他那時把委員長捧作天神，什麼肉麻的句子都寫得出來。一個人，最重要的是人格，喪失了人格，就和禽獸差不多了。」

道藩先生不但特別重視人格、重視道義，而且待朋友忠實、熱情。雖然在政治舞臺上他曾經擔任過許多要職，但他沒有絲毫官架子，眞的做到了平易近人、無友不善的地步。

* * *

三年前，我們同在中山學術文化基金會擔任點工作；每次開會，他總是先我們而到。我看到他滿口假牙，因爲裝得不好，時常感覺不舒服，說起話來上下牙搖動相碰，發出輕微的響聲：我老是替他難過，希望他少講話。會完之後，他常常用他的車子送我回來，並且說：「我回通化街，正要經過你的大門口，一點不彎路，你用不着客氣的。」

於是我只好領情，趁此機會勸他多休息，不要太累了，他回答我：「唉！我也知道，自己的身體一年不如一年，眞該退休了；可是有什麼辦法呢？他們一定要找着我，只好『鞠躬盡瘁，死而後已』吧。」

如今，張先生眞的應了這兩句話了，我想當初如果大家不那麼逼他出來做事、開什麼會、做什麼主席，完全讓他多休息，或許他不會這麼快就離開人世的。

＊　＊　＊

還記得那年道藩先生在日月潭養病，我陪着從馬來亞來的朋友邢廣生女士住在涵碧樓。剛吃完早點準備下山，猛然發現道藩先生在門外散步；他驚喜之餘，一定要替我們付賬。我告訴他賬已結淸，車票早買好了，他立刻跑去小舖裏買了幾樣土產送我們，有用貝殼做的項鍊、手鐲、扣花和兩頂草帽。他一直站在那裏看着我們的車子開了，才揮手離去。

「如果不是我親眼看到，我一定不相信一個立法院長會這麼沒有官架子、這麼待人親切的。」在車上，廣生一直談着她對道藩先生的好印象。

＊　＊　＊

有一件事，我感到萬分對不起道藩先生。那是去年三月我向他堅辭一項文化評獎會的事，在他家裏談了一個多鐘頭，使他受累。我把身體不好、沒有時間、眼睛患飛蚊症等一大堆理由提出來，他一條條把我駁倒。最後，我因講不過他，很不禮貌地說：「我不管，反正我不幹了，我這條命，還要留着多活幾年。」

朋友，你猜當時道藩先生怎麼回答我？

他眞有修養，絲毫也不生氣。他笑嘻嘻地問我：「冰瑩，你算算看，我們認識多少年了？」

「二十六年，三六，四六，五六，今年五七，快三十一年了。怎麼樣？你問這幹什麼？」我傻傻地問他。

「三十多年的朋友了，你好意思不幫我的忙嗎？老實說，你的辭職信，我是不會批准的；而且下次開會，你非到不可！」

現在一回想起當天的情景，一切如在目前，他的聲音彷彿還在我的耳邊繚繞。

我明知他的精神不容許多談，幾次站起來要走，都被他留住。他說：「今天難得這麼好機會，太太去參加外交部的茶會去了，我可以陪你喝杯咖啡，多聊聊；平常太太在家，她不許我多說話。」

這情形，完全和那年我與雪林去看胡適之先生的情形一模一樣。他堅留我們多談，我們要走，他說：「護士小姐不在這裏，沒有人干涉，讓我們多談談。」

大概所有的病人心理都是差不多吧！

＊　＊　＊

道藩先生跌傷以後，我去三軍總醫院探視過兩次；只能由張太太口中知道一點情況，不能進病房看他。六月十二他去世的消息，還是由外子的信內知道的，因爲那時我還在舊金山，天天訪問、參觀，忙得沒有時間看報。我無緣見他最後一面；也沒有到他的靈前敬禮，使我永遠感到遺憾！

關於道藩先生一生的豐功偉績，自有朋友來敍述、來歌頌；我所感到最傷心的是，那位介紹我認識道藩先生的朋友王右家女士，去年也作古了！道藩先生送給我的照相機和一張橫幅，都留在大陸，沒有帶出來；幸好還有一件事，我對得起他；由於我帶了他的幾個劇本出來，他才有機會借去再版。以後我只有多捐些書給道藩先生所創辦的圖書館，有生之日多做點對於文藝有益的工作，以慰道藩先生在天之靈。

五八年六月九日於潛齋

追念高鴻縉先生

前言

這是一篇想了將近八年，沒有完成的文章，每次當我準備好稿紙，想要動筆的時候，一個穿灰色長袍，在掖下夾一個藍色的書包，滿頭灰白的短髮，戴着一副老花眼鏡，含着微笑的老人，就會出現在我的眼前，於是我呆呆地望着他，那影子愈來愈鮮明，愈來愈淸晰，我又寫不下去了，有時我會呆呆地坐上半小時，甚至一小時，假如沒有人和電話來打斷我的回憶，也許再呆坐一小時，或者兩小時。

——爲什麼有這種情形？

我問自己；可是得不到答案，我不知道爲什麼。

「劉先生，我要寫篇有關高鴻縉先生的文章給你。」

已經不止一次地對劉紹唐先生說過這樣的話。

「歡迎！歡迎！幾時可以寫好呢？」

「寫好就寄來。」

這樣，我一拖就是八年。

今年六月十八日，是高先生逝世八週年紀念，我下決心要了結一樁心事，寫完這篇文章。

飲水思源，恩深難報

後來我冷靜地想了一想，爲什麼這篇紀念性的文章，如此難於下筆呢？原來我要寫的材料太多了，眞不知該從何下筆，我們一家人能夠來到臺灣，過了二十多年的安靜生活，完全是高鴻縉先生的賜與。啊！我明白了，完全明白了，就因爲這是件關係我們全家人快樂、幸福的大事；特別是對我有生死關鍵的大事，所以我不能用普通一般文字來紀念他；可是我的腦子太貧乏了，儘管我想好好地寫篇感謝他、紀念他的文章，結果一個字也寫不出。現在，我下了決心，那怕一天只能寫兩三百字，也一定要完成它。

話要從民國三十五年的冬天說起：

我們一家人從漢口遷居北平，初到的時候，因爲房子還沒有找好，暫時寄居劉克定先生家，和他同院住的，有位梁舒里先生，他有個很好的奶媽，照應他比親生的母親還要週到。有天晚上，我在梁先生房子裏烤火，他突然告訴我：「也許不久我要去臺灣做事。」

「去臺灣？眞的？聽說那是個四季如春、風景幽美的世外桃源，你能去那裏做事，眞是太好了，請替我留意一下，假如有我教書的機會，請幫幫忙，我也想去那邊玩玩，不論是一年半載都好。」

「臺灣剛光復不久，在教育文化各方面，需要人才很多，我想你一定有機會去的。」梁先生說。

＊　＊　＊

彷彿是三十七年七月，我接到梁舒里先生自臺灣來信說：「你的希望快要實現了，省立臺灣師範學院要請你來教國文，該系主任是高鴻縉先生，湖北人，你的同鄉鄒謙（曼支）先生也在師院教心理學，你如果認識他，可以寫信給他多打聽一點師院的情形。」末了，他又附了一筆：「其實我不認識高主任，是轉託黃肅秋先生介紹的。」

看完了信，我一面感激梁先生的熱忱，守信用，他眞的爲我找到了工作，一面又在遲疑，我可以去臺灣嗎？老實說那時我還沒有和外子商量，料想他不會答應的，我以爲這是一件不可能實現的事，說不定只是一個美夢而已；因爲梁先生是間接託的黃先生，而我與黃又是素昧平生，這事怎能實現呢？我姑且寫封信給高主任，託鄒曼支先生轉交，鄒先生與我世交，在故鄉新化就認識的。我在等待回信的期間裏，偷偷地跑去徵求國立北平師大國文系主任黎錦熙先生的意見（他是我讀女師大時的老師兼系主任），他聽我說要去臺灣，開口就反對：

「我不贊成你去臺灣，本校的新文藝習作課，是爲你開的，兩年來，學生對你的印象很好，說你批改作文很仔細，連一個標點也不放過；在寫作方面，你對他們的鼓勵很大，現在你忽然要走，那麼，你的課，誰來接呢？」

「老師，我也知道這時候不應該離開；但是臺灣方面已經弄假成眞，怎麼辦呢？不過我去那邊，是遊歷性質，也許半年之後，就要回來的。」

「其實，從事教育工作的人，到處都是一樣，你得到賈先生的同意了嗎？」黎老師似乎放鬆了一點。

「還沒有，我要先得到老師的同意，才和他商量。」

「學校功課還好辦，要緊的還是家庭問題，希望你先生能够放行；而你也眞的一年之後能回來就好了。」

就這樣結束了我們的談話。

* * *

我的保密工作，做得非常好，關於赴臺教書的事，外子一點也不知道。一連收到高主任三封信和聘書還有旅費之後，我這時才正式和達明商量。

「荒唐，眞是荒唐，這麼大一件事，怎麼可以不早跟我商量，我反對你去臺灣，趕快把聘書和旅費退回去！」

達明的大發雷霆，在我是意料中事；他這麼堅決反對，而我又非去不可，怎麼辦呢？只好找朋友來勸他：

「北平遲早會保不住的，爲什麼不讓嫂夫人先去搭一條橋，將來好讓我們也渡過去呢！」

達明仍然不答應，後來又經過朋友的善勸，他才勉強允許我帶莉兒來臺。憑心而論，如果我處在他的地位，也會和他有同樣的感覺的；因爲自從抗戰開始，我們的生活都在動盪不安之中，如今好容易穩定下來，又要把一個家拆散，的確在自找苦吃；何況那時大家堅信，儘管共匪在東北作亂，也常常破壞鐵路，總不會來到平津的；誰知三個月以後，輝兒和湘兒隨着關煥文先生來到臺灣；一月，達明也搭上由北平起飛的最後一班機，由南京、上海輾轉地來到了臺灣，我們一家人得以團聚，以及好幾位朋友，因爲我們的關係，都先後逃出虎口，這就是我要特別感謝高笏之先生的地方。

平易近人，虛懷若谷

從我讀中學開始，五十多年來，我見過的學者、教育家很多；可是很少看見像笏之先生一樣，這麼平易近人，虛懷若谷的。

當我收到三十七年九月二十五日笏之先生給我的第三封信，他說要去基隆接我，我眞是受寵若驚；爲了不敢勞他的大駕，我只告訴梁舒里先生。來到基隆，當晚就住在梁府上，第二天，他才送我們母女到師院的七星寮。這名字是日本時代的，當時還沒有改過來。這是一棟兩層樓的宿舍，裏面住的有教授，也有學生，我和莉兒就在這裏搭個地舖睡了一晚，第二天才搬到第一宿舍我現在住的地方來，那時我的房子還沒有接電線，每晚點着洋蠟燭，房子的後面和右邊，都是一片稻田，蛙聲咯咯，彷彿是鄉間夜景，幽靜極了。

我想不到高主任和高師母呂青士女士是這樣熱情和藹，待人誠懇的。他們住在二樓，沒有廚房，就在走廊上做飯，我們母女像貴賓一樣接受他們的招待；晚上笏之先生和我談到開課的問題。

「我想請你擔任一班本省籍學生的國文六小時，文學批評兩小時好嗎？」

「文學批評，我恐怕教不好，最好請別的先生擔任，我另開一門新文藝習作好嗎？」

「新文藝習作？這門課，從來沒有開過，教育部恐怕不容易通過吧？請『你家』（湖北口語，卽您之意）說明一下它的內容好嗎？」

笏之先生說着一口道地的湖北話。

「這是我在北平師大開的一門新課，起初系主任黎錦熙先生擔心沒有人選，不敢開，後來經我再三請求他才答應了。」

「選的人多不多？」笏之主任關心地問。

「全班都選了，還有別班來旁聽的，大約有八十多人。」

接着我告訴他我要對學生講的，分爲三部分：第一，是關於小說、詩歌、散文、戲劇的一般寫作理論；第二，世界名著選讀、研究，包括作者生平，作品主題、故事、背景、人物分析、結構、技巧的研究；第三，指導寫作，包括搜集材料與處理題材兩大部分。」

「好，那麼我們也開這門課吧，『你家』有講義嗎？」

想不到笏之主任是這麼痛快的，聽了我的說明之後，居然一口答應了。

「講義沒有，我寫了大綱，他們是大學生了，可以寫筆記的。」末了我又加了說明：

「假若選課的人，不滿五位，可以取消的。」

「『你家』不要客氣，一定會和北平的情形一樣的。」

後來我又請教他為什麼國文系的學生，要分為外省籍和本省籍兩班。

「『你家』不知道，臺灣在日本統治之下五十年，一般人都是說的日語、閩南語，他們有很多非但不會說國語，就連聽也聽不懂。聽說『你家』是留日的，所以請『你家』擔任本省組國文，遇必要時，『你家』可以用日本話解釋。」

說到這裏，我們兩人都大笑起來，我是笑他那帶ル字音的日本話，他是笑教中國人還得用日文，未免太滑稽了。

我的課程就這麼決定了，除了六小時國文外，還有兩小時的文學批評，和兩小時的新文藝習作。為了這門新開的課（全班都選，總算沒有失他老人家的面子。），他受過許多閒氣，聽說有人公開提出來反對，說什麼：「白話文還用得教，眞是太可笑了，難道你的，我的，的、嗎、呢、了，大狗叫、小狗跳還不知道寫嗎？」

沒想到這位有修養的高老夫子（同事和學生都這麼叫他，以示尊敬。）他一點也不生氣地回答那人：

「新文學有它那一套，不是那麼簡單，我們要迎合潮流，青年人喜歡白話，就應該讓他們看白話，寫白話，我覺得文學沒有新舊之分，只有好壞之別。」說得對方啞口無言。

「文學沒有新舊之分，只有好壞之別。」我的看法，也完全和高老夫子的一樣，實在太使我高興了！從此，新文藝習作，二十三年來，在師大成了最受同學們愛好的課程之一，儘管一直到今天，還有人上課就大罵白話文狗屁不通，又說胡適先生如果做他的學生，他決不要的。爲了這門課，我曾孤軍奮鬥了二十多年；現在好了，本系系主任李曰剛先生非常重視它，由兩小時，增加爲四小時，由選修改爲必修（這在程發軔先生做主任時就改過來了）；由師大畢業出來的男女校友，藉寫作而成名的不少，像在美國執教的那宗訓，在新加坡南洋大學任國文系主任的皮述民，以疏影爲筆名、出版了好幾部長篇小說的宋圭宜，現在師大執教的邱燮友（筆名童山）、何錡章等，都是努力研究新文藝而有成就的青年作家；至於目前在臺北文壇各大雜誌和報紙副刊上發表文章，或出版專集的師大同學更多了；假如高老夫子現在還活在人間，一定比我還要高興。我常想當時他若是像那些思想頑固的人一樣，堅持不開新文藝，我也無可奈何的。

高老夫子平易近人，待人誠懇，他眞是一個人人敬仰的忠厚長者。他致力於文字學研究四十多年，對於甲骨文、鐘鼎文，有精深的研究，他和董作賓先生兩人，都是名重一時的資深學者。董先生雖然在大陸時，我就認識他；可是他在臺大授課，很少有領教的機會，高老夫子經常見面，從他那裏，我不但獲得了許多關於文字學的知識，而且在做人方面，我也學到了一些忠恕之道。

這是後來他去南大執教，一位同事告訴我的故事：

高老夫子曾經認識一位朋友，也是研究文字學的，他有一篇什麼文章，高老夫子為他潤色過；還有一件什麼事，竭力幫忙他，使他成功；後來這人以怨報德，大罵高老夫子沒有學問。有人把這件事告訴高老夫子，他只笑了一笑：

「本來我就沒有學問嘛，所以到老來還要天天讀書，以求上進。」

「高老夫子，你難道不生氣嗎？連你一手提拔出來的那個先生，也在大罵你呢。」那人又問他。

「不氣！不氣！孔夫子，孟夫子是聖人，都有人罵，何況我是個平凡的鄉下人，怎能禁止人不罵呢？」

多麼開闊的胸懷！多麼高尚的修養！高老夫子從來沒有在課堂上，或者在任何場合，說過別人的壞話，而且從來不與人鈎心鬥角，他的確做到了與世無爭的地步。從外表看來，他穿着一件灰色長袍，挾着一個藍布包袱，搖着一把芭蕉蒲扇，的確像個鄉下私塾的教書先生；可是誰知道在民國十二年他曾奉政府命令派任第一屆世界教育會議中國代表團代表，出席在美國舊金山舉行的會議，不久得到政府公費，入美國哥倫比亞大學專攻教育。十五年春天，他學成歸國，還特地赴歐洲，考察英、法、德等國的教育設施。回國以後，他任教於國立武昌大學、國立武昌中山大學、湖北省立教育學院。雖然他是個留學生，我們從來沒有聽他講過一句英文，不像有些人，懂得幾句洋涇浜英語，隨時都要灑洋文以顯示他的學問。

樂道安貧·布衣蔬食

「高老夫子在吃的方面，有什麼特別的嗜好嗎？」

我問高師母，她說：

「沒有，他沒有一點特別的嗜好，我從來沒有見過一個像他這麼隨和的人，無論我煮的什麼菜，他總是說：『好吃，好吃。』從來沒有挑過毛病，也沒有表示過不高興的。從他做學生的時候開始，就是一襲布衣，一直到現在，他沒有爲自己的生活打算過，只知道一天到晚，研究他的學問。有時我看見他實在太累了，勸他休息，他總是說：『越到老年，越不能休息，因爲在世的日子不多了，而我們要研究的東西越來越多。』」

「聽說他在中央醫院治病的時候，學生去看他，他還在和他們談文字學。他老人家，太不注意自己的健康了。」

「提到這一點，我眞難過，在南大那段時間，因爲放假的日子特別多，他常常利用晚上給學生補課，學生因爲受了他的感動，也都很用功。那裏的教授，除他而外，沒有補課的，因爲這並不是請假；而是國定的休假日。我問他爲什麼晚上要這麼辛苦，他說：『多教點東西給學生，總是好的，兩年滿了，我就要回臺灣了。』唉！誰又想到他竟……永遠不能回來了……」

說到這裏，高師母泣不成聲；我也淚珠滾滾而下，唉！笏之先生，您是爲宣揚中華文化而犧牲了，正像一個荷槍衛國的戰士，死在沙場一樣地光榮，一樣地精神不死！

寬大爲懷・人人皆友

在做人方面，高老夫子是一個百分之百的忠厚長者，大大的好人，如果遇到他曾經培植過、提拔過的人，後來對他不敬了，他絕不放在心上。他的學問沒有派系，沒有成見，他研究文字學，上溯甲骨鐘鼎，下及近世邊民象形契文，沒有不是以客觀的態度去研究的，因此他治學的態度，不主一家，不宗一派，古往今來，他人所研究的結果，是者就採用它，非者就改正它；至於那些有成見，或者有偏見的論調，他也不去與人爭論。這種公正篤實，大公無私，學術本位第一的學者，怎不令人敬佩景仰呢？

而且，還有一點，也是別人辦不到的，在他的腦子裏人人都是好人，沒有壞人的，對學生除了循循善誘，諄諄教誨外，他還極力鼓勵他們研究自己有興趣的學科，遇到本系學生有想轉他系的，他非但不阻止，而且盡力幫忙他，務必使他達到目的而後已。

老實說，我是不贊成高老夫子去南洋的，原因是那邊的氣候太熱，怕老年人不能適應；而且那邊的醫藥和醫務人員，都不能與臺北相比，在我五十年八月六日的日記上這麼寫着：

「七點半赴機場，九點起飛，想不到高老夫子伉儷與達明同機赴港轉星加坡，我眞替他難受，這麼大的年紀，還要出國奔波，不能在家好好享福。」

看到飛機上了天，我的心裏彷彿有預感：

「高老夫子啊，我們還能見面嗎？」

不幸我的預感成了事實，我是永遠看不到他和藹的笑容，聽不到他親切的「你家」聲音了。

高鴻縉先生，字笏之，民國前二十一年（一八九一）七月二十八日生於湖北沔陽。從小跟隨他的父親丹園老先生習四書五經和說文。十二歲入武昌公立東路高等小學堂，畢業後升中學，每年成績，都是名列前茅。民國八年畢業於武昌高師英語部，民國十二年赴美留學，十五年學成歸國，關於資歷方面，已經介紹過了。

高老夫子是三十六年的夏天，應前臺灣省立師範學院李院長季谷之聘來臺擔任國文系主任的，到五十年夏天應新加坡南洋大學之聘講學兩年。在師大十四年中，他所教過的課程有文字學、古文字學、訓詁學、詩經、論語、孟子等。

民國五十二年六月十八日以腎臟病在中央醫院逝世，享年七十三歲，遵遺囑葬於市郊基督教坟場，從此一代學人，長眠海外，供人憑弔。

笏之先生窮四十年的精力所著的「中國字例」，已出版六篇（分上下二冊），其餘兩篇遺稿，正由他的門生在整理中，不久將可問世。

（附註）：關於笏之先生事略部分，曾參考程旨雲、高緒价、賴炎元三位先生的大作。

六十年七月二十日夜完稿

于立忱之死

——是郭沫若害死她的

這是半個世紀前一個令人同情立忱、痛恨文丑郭沫若的眞實故事，想必會得到許多讀者的「同情」和「痛恨」。

于立忱，是天津益世報的駐東京的特派記者，長得亭亭玉立，又白又嫩的皮膚，兩道柳眉，配著滿口貝齒，說起話來有條有理，一見就給人以親切可愛的印象，這正是當記者的標準條件。

我認識她，是姚潛修先生介紹的，聽說她和竹中繁子是很好的朋友，一來到東京，就住在竹中家裏，採訪新聞時，老是竹中帶著她。

「謝大姊，有位日本名女記者竹中繁子，我要介紹你認識她，你們會成爲好朋友，她在朝日新聞工作，和我一樣，沒有結婚，她打算一輩子過獨身生活。」立忱對我說。

「你呢？」我用開玩笑的語氣問她。

「我沒有她的決心，還在結婚與獨身的歧路徘徊，關於這事，以後我慢慢地和你談吧。」

唉！誰又料到，這樣一個又聰明、又美麗，爲人正直、熱情，待友誠懇和藹，做事認眞負責的女性，竟被狡猾、無恥的文人——鼎鼎有名的郭沫若害死了！

這是一個秘密，不知她的妹妹于立羣（郭沫若的第二個太太）知不知道？

「明天我要住院了，希望你抽出時間去看我一次，我有話和你談。」

立忱用嚴肅的語氣對我說。

「什麼病要住醫院？」

「割盲腸。」

「沒有關係，聽說盲腸開刀是小手術，兩三天，最多一個星期就可出院了。什麼醫院？在什麼街？你現在告訴我，我可以找潛修陪我去。」

「不要，不要，千萬別告訴他，只要你一個人去。」

「爲什麼？他不是你的好朋友嗎？」

「不是，不是，你不要亂猜。」

「那天動手術？我什麼時候來？」

立忱告訴我那天去看她，她還不知道住幾號房間，叫我去詢問處打聽就知道。

到了那天下午兩點，我下了課就去醫院探視她，一問，護士告訴我她住產科病房多少號。

「產科病房？小姐，你沒有弄錯吧？她是割盲腸，應該住外科病房。」

「沒有錯，孩子都取出來了。」

「孩子？怎麼回事？」

我驚訝得不知如何是好，護士小姐見我呆呆地站在那裏，她說：「我領你去吧。」

進了那間單人病房，立忱正在閉目休息，我坐在床邊，看見她蒼白的臉，嘴唇沒有一點血色，左臂上揷着兩根橡皮管，輸的什麼水我不知道，大約有十分鐘左右，她醒來了，一眼看到我，又驚又喜地問：

「大姊，你來多久了？」

「剛來不久。」

突然，她伸出右手來緊緊地握住我的左手說：

「大姊，你一定奇怪，爲什麼我住產房？」

「是不是外科沒有房間了？」

「不是。」

她搖搖頭，一串熱淚滾下來了，我連忙安慰她：

「立忱，不要難過，把你心裏的話告訴我吧！我守口如瓶，任何秘密我不會對別人說的，你儘管放心，要絕對信任我。」

「當然，不信任你，我會請你來嗎？連竹中都不知道，你千萬別告訴她。」

「她一定會來看你的，怎麼辦？」

「我會請求醫生，把我改住外科病房。」

「能夠辦到嗎？」

沉默了一會兒，她的眼淚越流越多，我用自己的手帕替她擦，流得更多了。

「立忱，你不是說過，有話要告訴我的嗎？」

「我告訴你，將來你要替我伸冤的，答不答應？」

「沒有問題，當然答應！」

這時，立忱拿我的手帕擦乾了眼淚說：

「你想不到吧？郭沫若是一個這麼卑鄙無恥，人面獸心的大騙子！」

還沒開始敍述騙子的故事，她又傷心地大哭起來。

「立忱，你千萬不可傷心，你不說，我也猜得到是怎麼回事了，你要冷靜地說下去，不要感情衝動，拿出理智來，你是個新聞記者，把你的故事，當作是別人的，用第三人稱的方法來敍述、來描寫。」

「是的，我不應該衝動，我要從頭到尾地，把騙子追求我的故事告訴你。」

「三年前，他開始拼命地追求我，說他和安娜（郭的日本太太）根本沒有感情；更談不上愛，那是他在日本讀書的時候，有次生病，住在醫院認識的看護，因爲安娜愛上他，死命地追求，他們發生關係之後，安娜懷孕了，非嫁給郭不可，如果郭不答應，她就要自殺。安娜的父母極力反對她嫁給這個窮學生，郭沫若害怕鬧出人命，所以就和安娜結婚了；如今生了四個孩子，他的精神很痛苦，他說自從愛上我之後，他下決心要擺脫安娜，正式提出離婚，然後和我結婚。」

「我當時眞是昏了頭，由於他是個富於革命性的作家，我佩服他，也同情他，唉！誰想到他竟是一個花言巧語，只要達到目的，不擇手段的大騙子！大姊，我上當了，我除了死，絕對沒有臉見人！……」

立忱放聲地大哭起來。

「放冷靜！放冷靜、理智一點，給護士聽到是不好的。」

我緊緊地握住她的手，安慰她。

「這種傷心事，我如何冷靜下去？」

「好的，你繼續往下說吧。」

「我曾經也交過一兩個異性朋友；從沒有戀愛過，對於郭，我由於欽佩他、同情他，而盲目地愛上他；自從受騙失身懷孕之後，他的態度突然改變，對我非常冷淡，我就知道上當了。但他這時正言厲色地說：『你放心，我一定擺脫安娜，我們兩人回上海結婚，你腹中的一塊肉，是我們兩人的愛之結晶，我要負責到底，我不是善變心的人，你放一千萬個心，近來我少來看你，爲的是安娜知道我在愛你，所以特別監視我很嚴，隨便我到那裏，她都要跟蹤，我只好偷偷地給你寫信。』」

「到半月前，他來找我了，安娜並沒有來，可見他說安娜跟蹤的話，是不可靠的。我告訴他，肚子裏的孩子，已有三個多月了，我們再不回上海結婚，我無面目見人了！他吞吞吐吐地敷衍我，後來我逼他非具體答覆我不可，他的眞面目這才現出原形了，他說：『只好暫時拿掉吧！反正你年輕，我也不老，我們還會有孩子的。』大姊，這時我才大覺大悟，才知道他原來是個大騙子，你說我該怎麼辦？」

「你當了這麼多年的記者，替別人寫過不少路見不平，悲歡離合的故事，難道你自己身歷其境的故事，不會處理嗎？」我說。

「大姊，我會處理，孩子已經解決了；但手術不好，可能還要再開一次刀，我太痛苦，實在不能忍受，我想……」

「你想什麼？」

「自殺！」

「笑話，爲一個狼心狗肺，無情無義，欺騙讀者，禍害國家，禽獸不如的混蛋自殺，你值得嗎？」

我這時實在再也忍不住了，我不懂立忱何以這樣懦弱，這樣沒有出息，已經被郭沫若玩弄丟掉半條性命了，還不想復仇。

「立忱，千萬不要再傻了，你如果自殺，正是他求之不得的，你爲什麼不用你那支橫掃千軍的筆，把他的嘴臉，赤裸裸地描寫出來呢？你可以不寫自己的名字，用你訪問一個被郭沫若騙去貞操的少女的自述寫……」我氣憤憤地說。

「大姊，我恨透了他，恨不得將他千刀萬割，我忍受不了，腦子已經整個壞了，我不但一個字也寫不出，連想都不能想。大姊，請原諒我，我只能說到這裏打住了。大姊，你好好保重吧！不要以我爲念，我是咎由自取，自作孽，我對不起父母，對不起國家，對不起朋友，我是完了！一切都完了！我有個妹妹于立羣，演過一次電影，用黎明健的藝名，我沒有告訴她和郭這段醜事，你將來如有機會見到她，就請把這件事告訴她吧！那時我早已離開了人間，隨人家怎麼說，我都不在乎了。」

這是立忱最沉痛的最後談話，那天我的內心，比立忱還要憤慨，還要痛恨郭沫若，想到他寫的那些欺騙青年讀者的文章，還有翻譯的作品，以為他是個中國了不起的大作家，誰知他竟是一個這樣寡廉鮮恥，人格掃地的大騙子。

也不知立忱是那天出院的，向竹中繁子打聽，她根本不知道立忱和郭的戀愛事，立忱沒有再開刀，只告訴竹中，她因家中有急事，要回上海一趟，不久會回東京，誰知她一去不返，她果然自殺了！

二十六年的七月七日，盧溝橋的炮聲響了，我國發生了空前絕後的對日抗戰，投機的文丑郭沫若，他借機擺脫他的日本太太，和四個兒女，美其名曰毀家紓難。一到上海，他就央求吳稚暉先生，介紹他去拜謁蔣委員長，並恭恭敬敬地向委員長懺悔過去的罪過，懇求委員長饒恕他，他要獻身黨國，將功折罪；回去馬上寫了一篇「蔣委員長會見記」，和十年前（一九二七年六月）他在閱馬廠公開演講，大聲詆毀「請看今日的蔣介石」比較起來，完全是兩個不同的人，那時是十足的叛徒，反革命、反蔣委員長；如今搖身一變，成了革命者，擁護領袖的忠臣。旁觀者都知道，這是個反覆無常，朝秦暮楚的大壞蛋；可是領袖素以寬大爲懷，以德報怨而寬恕了他，讓他做了政治部第三廳廳長；後來知道他用了一班共產黨員在暗中活動，於是解散第三廳，取消他的廳長；但仍然委他爲文化工作委員會的主任委員，一直到他訪問俄國回來，才露出狐狸尾巴。

最可笑的是，當郭沫若帶着于立羣上東戰場，一見就成了露水鴛鴦，還說：「我最愛你的姊姊，可惜她死得太早，我只好將愛她的心，轉移到你的身上。」

唉！這種寫「史達林，親愛的鋼，永恒的太陽」，大捧毛澤東、江青、華國鋒等人的「歌德」文字，不提也罷，一提起，就污辱了我的紙筆，也污辱了讀者純潔的腦筋和眼睛。

過去我是用別的筆名寫過他的，如今爲了我忠於好友于立忱，我不能不用眞名。

立忱，你安息吧！如今竹中繁子也去世了，希望你們在天堂歡聚吧！……

（原載民國七十三年六月十五日臺北聯合報副刊）

追念如斯

一月二十號的清晨，打開中國時報一看，猛然發現一個驚人的標題：

「才華冠羣儕，底事輕生？

林語堂愛女，如斯自縊！

…………

…………」

——不可能，絕對不可能發生這種事！

我自言自語，儘管心裏懷疑，否定這條新聞的眞實性；但我的雙眼，緊緊地盯住這些密密麻麻的黑字，突然我的眼淚湧出來，字跡由模糊而擴大，由擴大又縮小，最後，熱淚滴在報紙上，發出輕輕的響聲，我忍不住哭出聲來，嗚咽着告訴達明：

「如斯，如斯……自……自殺了！」

「不可能的，怎麼會發生這樣的事？」

他和我一樣不相信，立刻從我手裏搶去報紙。

「我馬上去陽明山。」

匆匆地梳洗完畢，叫了一輛計程車，直向永福里駛去。

坐在車上，我的心亂如麻，我還在懷疑新聞的眞實性，甚至我懷疑另外還有一個如斯；可是不可能有兩個林語堂先生，我的腦子充滿了悲哀、傷痛，我眞不懂爲什麼如斯要輕生？她有這麼幸福的家庭？這麼愛她的父母、妹妹，又有一份理想的工作，還和一些生氣蓬勃的青年在一起共同研究？據文化學院的學生告訴我：「林如斯老師的英文教得眞好，發音清晰標準，文法更講得好，主要的是她的中文造詣深，所以英文根柢也深。」又說：「林老師不但教導有方，循循善誘，誨人不倦；而且她的性情特別溫柔，從來不發脾氣，英文差點的同學，她改得更仔細，絕對不傷害學生的自尊心……」

這麼一個有修養的好老師，怎麼會自殺呢？

＊　　＊　　＊

由於腦子想得太多，車子過了目的地又退回來。

按鈴後，詹司機來開門。

「聽說大小姐……」

「是的，昨天下午……」

現在不能由我再懷疑了，我拖着沉重的腳步，悄悄地走進林夫人的臥室，她斜躺在床上，一見我便傷心地哭起來，林先生也由他的臥房進來了，於是我們三個人的眼淚都無法止住，任它流個痛快，在這種傷心欲絕的場合，我能說什麼呢

「我是看到她長大的，那麼好的一個人，怎麼會發生這種事呢？」

「冰瑩，我們年紀這麼老了，怎麼受得住這個打擊？」

林夫人哽咽地說，她的眼睛已經哭腫了。

「您倆位不能太傷心，自己的健康要緊，是如斯對不起你們，她…」

我想說出「太不孝了」四個字，臨到嘴邊，又吞回去。說眞心話，我是不原諒她的，的確，她太自私了，只圖自己解脫，不想想雙親老年喪女，這是人生最慘痛，最傷心的事；何況還有妹妹太乙、相如；還有愛護她關心她的許多親友、學生？

「也許因爲她太好，太能幹，所以上帝叫她去幫忙。」沉默了很久，我好不容易由喉間擠出這句話。

「她……她……這……樣死，恐怕，不，不能……」

「能的，不要想得太多，您自己的身體要緊。」

我看到林夫人突然又老又瘦，眞替她的高血壓擔心。

「我還好一點，她的身體不行，天天要打針，一會兒醫生就要來了。」

林先生輕聲說。

「林先生，您一定要勸太太達觀，看開一點，死者不可復生；何況人類都要到那裏去的，不過遲早的問題而已；我除了勸你們好好保重外，我眞不知道要說甚麼好。」

正在這時，有客人來慰問，林先生告訴詹司機：

「請你謝謝他們，我什麼客都不能見。」

看到林太太的眼皮垂下了，我連忙和林先生改到客廳，談談如斯在抗戰期間的事情。

「如斯的性格，你是知道的，溫柔和藹、沉默寡言，做事負責認眞，有計畫、有條理。她和無雙兩人把你的「女兵自傳」翻譯成英文之後，自己也出版了幾本書，例如「戰時重慶回憶錄」（一九四一）；「一個女子與士兵的戀愛」（Flame From a Rock）等；在臺灣中華書局出版的是「唐詩英譯」。」

林先生說到這裏，我忽然憶起了她在昆明擔任輸血庫工作的事來，希望他多說一點，以便沖淡內心的悲哀。

「你一定想不到如斯在一九四二到四五年之間，在昆明美國醫藥助華會，輸血庫（Blood bank）部門工作的時候，她也和你當年參加北伐一樣，全副戎裝，遇到前方戰事吃緊時，如斯幾乎日夜忙着爲傷兵服務。她是這樣熱愛祖國，住在國外，老感覺慚愧；一回到昆明，她就精神百倍起來。」

「是的，我到現在還好好地保存她給我的信，她說已下決心，要回到祖國來工作。從外表看來，她好像冷冷的，不苟言笑，談話時，你問一句她答一句，很少看到她自動多說話的；可是她是個很熱情的人，只是不表現在外面罷了。」

「是的，她正是這種性格的人。」

「爲什麼不勸她住在家裏，享天倫之樂；而讓她一個人孤單單地住在故宮博物院的宿舍裏呢？」

我這話彷彿向林先生質詢。

「她自己一定要搬到宿舍去住，她說一來路太遠，往返費時；二來她住在那裏清靜，更能多做事情。她除了擔任英文秘書外，還主編故宮展覽通訊，又要寫文章，預備功課，我們以爲她一星期在那邊住三天，回來住四天，精神有個調劑也好；誰知道，唉！誰知道竟發生這麼不幸的事！……」

為了不敢打擾太久，我向林先生告別。

「我不進去看林太太了，請您替我多多安慰她，改天我再來。」

* * *

坐在車上，回憶將我帶到民國十六年。如果我記性不錯，如斯可能是一九二三年生的，我在上海愚園路拜訪林語堂先生的時候，她還是個四歲的小娃娃，我記得很清楚，她穿着一件紅綢子的小夾襖，還在花園裏捉蝴蝶。那是春末夏初，花園裏開滿了玫瑰，柔軟青翠的高麗草上，洒着片片的花瓣，美麗極了！我幫如斯趕蝴蝶，繞了好多圈子，還是捉不到一隻，她笑了，胖胖的臉，大大的眼睛，小小的嘴唇，笑得那麼甜，那麼可愛。我一把抱起她來，吻着她粉紅的臉頰，她並不怕生。妹妹太乙（那時叫做無雙），好像只有一歲多，不要我抱，如斯還說過：「妹妹不乖。」

上海一別，我們有四十多年不見面，她在美國曾為了和太乙翻譯拙作「女兵自傳」的事通過幾次信，還送我一張她們三姊妹合照的相片；可惜我沒有帶出來。如今，她印在我腦海中的影子，還是那副小娃娃的可愛樣子，我不能忘記，永遠不能忘記啊！

* * *

如斯，自從你去世，四個多月來，我沒有一天不在想你，我多麼希望能在夢中見到你，最好是在愚園路被我抱過、吻過的小娃娃。人生如夢，眞是一點不錯。自從你回國以後，我們在一塊兒吃飯的次數，沒超過十次，最後一次是在福樂吃冰淇淋，我們要請客，卻被令堂搶着先付了；還用車子送我們到中泰賓館，參加一位朋友底兒子的婚禮。

唉！如斯，誰會想到那是我們最後一次的晤面呢？

你爲什麼想不開？爲什麼老是愁眉不展？你讀了那麼多書，中、英文都那麼流利，祖國正需要你這種默默地埋頭苦幹的人，爲什麼你忍心拋開愛你的雙親骨肉、親友，和苦難的祖國，我仍然要責備你，你的確太自私，只求自己解脫，不顧別人傷心！

如斯！如斯！我此刻對着你的相片，讀着你在三十多年前寫給我的信，我的熱淚又禁不住滾滾而下，我無法再寫下去了！

如斯，你安眠吧，你的英文論文，蔣復璁先生正在爲你彙印出版，以垂永久；你的傳記和你在抗戰期間對於國家的貢獻，一定有人寫的，我不多贅了。你如有靈，希望你多在我的夢中出現。

六十年五月廿二日

曼瑰！我望你回來

曼瑰，是去年的暑假，我一連寫了幾封信給你，始終得不到你一封回音，我恨你薄情，恨你太不重視友情！我這麼關心你、掛念你，你怎麼可以置之不理呢？我曾經再三勸你健康第一，千萬少開會，少應酬，多注意你的身體；因爲我知道你的胃病，已有好多年了，你又容易感冒，這是因爲你身體衰弱，所以細菌容易侵入。我在苦口婆心地勸你，而你竟一字不覆，你想我應不應生氣？該不該恨你？

直到接了雪林八月十一號來函，才知你病了；而且是那麼嚴重的病，雪林要我嚴守秘密，說你打算九月赴美檢查，因爲你曾親筆寫信要雪林轉告我。這時我很後悔，覺得錯怪你了，你並不是寡情、薄情的人。蟬貞十月四日的信（可惜我到十一月底才收到，那時曼瑰已去世一個多月了！），說你患腸癌，住三總五〇三房間，說你常問及雪林和我，蟬貞希望我給你去信。十月十八日，蟬貞的另一信，帶給我萬分痛苦，她告訴我曼瑰已病入膏肓，而且已呈彌留狀態，當我讀到「讀到此信時，我想曼瑰已離開我們，魂歸天國了」，和想到這裏時，不覺放聲痛哭起來……。

曼瑰，你怎麼去得這麼早，這麼快？雖然你病了好幾個月，難道你不能用顫抖的手，給我寫幾個字，留做最後的紀念嗎？難道你不能託芳姊回我幾句話嗎？你的死，帶給我深深的創痛，無限的傷感，使我對於人生開始悲觀，爲什麼好人總是命不長呢？固然，人生七十古來稀，你已至古稀之年，也不算年輕了；但你的工作還沒有完，你的責任還沒有盡到最後階段，戲劇的花果，還沒有達到燦爛光華的境地，仍然需要你來領導、培植、灌溉；曼瑰，你不能去，我望你回來！

曼瑰，朋友們都說你的死是爲了戲劇，爲了學生。秀亞十月二十四日來信：你下了輔大的交通車，馬上跳進計程車，趕赴陽明山文化學院上課，她問你爲什麼不吃午飯，你回答她在車上啃一塊麵包就行了。

看到這裏，我要向你道歉！你的不健康，有幾分之幾，是我害了你的；那就是在你忙得不可開交的時候，我非把你請來師大擔任戲劇理論不可！你說了許多理由，我根本不聽，最後我很生氣地質問你：「臺大、輔大、文化學院、政工幹校你都去了，爲什麼厚於他們而薄於師大？你既能辭師大的課，爲什麼不能辭他們的課？」

「冰瑩，我說不過你，那麼，我就拚了這條老命來教兩小時吧。」

就這樣，我硬把你拉來了，每次看到你氣喘吁吁的表情時，我難過極了；但爲了三班同學對你的熱忱和仰慕，爲了滿足他們的求知慾；也爲了戲劇的前途，希望你多播一些美好的種子，現在我不能不這樣勉強你，想來，是我們這些朋友——加重你工作的朋友害了你，唉！曼瑰，如今我後悔晚了！唉！太晚了！

＊　＊　＊

你是爲工作，爲戲劇累死的，我敢武斷地說。舉例說吧，爲了小劇場運動，爲了話劇欣賞會，你不知付去了多少心血！每年到話劇公演時，你忙得團團轉，既要審查劇本，又要安排導演和演員；最麻煩的事，還要籌備演出經費。俗語說：「巧婦難爲無米之炊。」但你，曼瑰，沒有錢，你居然幹得有聲有色。好幾次，我看到你爲服裝道具在張羅，你請的十幾位評審委員，有些很少去看戲的，於是你每次來電話找我：「冰瑩，無論你怎樣忙，我希望你來看戲，而且要請你批評。」

每次當我看到一個新戲上演，你在後臺和臺下來回地跑，見到朋友，那種熱情、親切的招呼時，我替你高興，替你感到安慰。我想：曼瑰這一生是全部獻給戲劇了的，她的成就很大，她的影響力，比我們寫小說、詩歌、散文的朋友來得大多了。有一個很短的時期，我幾乎想放棄散文，專寫劇本。那是在你替我修改電影劇本「踩出來的路」以後。你曾常常勸我：「冰瑩，寫幾個劇本吧，目前實在太需要了」；但我一來因爲對於此道究竟是隔行，二來也太忙，眞的抽不出時間來寫有系統的東西。這件事，雖然使你失望，可是你能原諒我。遇到我們審查劇本的時候，你總是說：「我們兩人的評語幾乎完全一樣，奇怪，我們事前從來沒有交換過意見，怎麼這樣相同？」

「這就是所謂英雄所見略同了。」

我說着，兩人相視大笑起來。

* * *

有一次，我們在中山學術文獎會同看一個劇本，我們打的分數一樣多，後來你告訴我：「眞氣死人，有人以爲我同行相輕，故意把某人的劇本少打分數（其實很高），冰瑩，你想，我是那種人嗎？眞是以小人之心，度君子之腹。這件事，只有你知道得最清楚。」

「不要氣了，你當作沒聽到的。我們認識的熟人太多，費力不討好，將來難免會惹上一些麻煩，我們還是早點辭職吧。」

「道公不會答應。」

「我已對他說過，我要留得這老命多活幾年，他不答應，我也要走了。」

後來你終於與我共進退，我們都離開了。

曼瑰，你太好了，太熱心了！爲了戲劇，你把整個生命獻上，你認眞的態度，不是和你相處很長久的人，是無法了解的。對於一個劇本的演出，你希望它能做到盡善盡美的地步，你樂於接受別人給你的批評與建議，你常常希望評審委員在第一天演出就去看，以便把演員在對話或動作表情上有什麼不妥的地方說出來，好在第二晚改正。你是那麼虛心，從來不批評別人的作品如何不好；可是假若遇到主旨有問題時，你就會婉轉地告訴對，請他斟酌修改。

有一次，你給我的印象最深，你在半夜裏給我一個電話，和我討論一個劇本能不能在臺北演出的問題。你說：你太痛苦了！這位青年是很有希望的，劇本寫得很不錯，只是主題太灰暗，不適宜在此時此地演出，你問我的看法，我說完全和你一樣，我也很難過，怎麼辦呢？那時候，兩人在電話裏嘆息了很久，大約有兩三分鐘說不出話來；最後，還是你很有理智地說：「我們要把感情和理智分開，在感情上，我們雖然難過，沒有幫忙她，她一定很失望，很傷心，甚至還懷恨我們；不過，在理智上，我們還是堅持我們的立場，不贊成她演出，你說好不好？」「我完全同意你的看法，我們要把公私分開，過了若干年後，我想她也許會完全了解我們，不致於誤會我們故意與她爲難的。」

曼瑰，那天晚上，你失眠，也連累我也失眠了。在電話裏，你再三向我道歉，說不該半夜三更叫醒我，實在爲了白天太忙，沒有功夫和我談話；你告訴我，那時你並沒有睡，你是經常在深夜兩三點才上床的，往往從外面回來，吃完阿梅爲你預備的點心後，不是看稿，便是寫劇本、回信。

曼瑰，你給人的印象太好，朋友學生沒有不喜歡你的。和你相交之久，了解之深，我可算是你知己中的一個。還記得嗎？去韓國參加世界筆會的那次，我們兩人同住一間房，每天早晨，我的學生曲人訪送早點來給我們兩人吃，中飯和晚餐，照例有團體招待，不是西餐，便是韓國菜。我們爲了想吃燒餅油條，跑了五、六條街，還是沒有找到。有七、八個晚上，我們促膝談心，往往過了兩點還不想睡。

「冰瑩，我是隻夜貓子，過慣了遲睡晏起的生活，明早你記得早點叫我。」

也許是由於我早年受過軍訓的關係，我喜歡早起；而且動作也特別快，每次都是我催你：「曼瑰，快點！快點！要出發了！」你總是微笑地說：「冰瑩，你眞好，要不是你這急性子催我，我是趕不上陣的。」

開完會後，我們分道揚鑣，你和蟬貞她們去大坂參觀博覽會，我回臺北。那天早晨，要不是我替你收拾行李，抽屜裏還會遺留下許多應用東西；你說你平時出門，都是芸姊和阿梅替你收拾東西的，這次幸好有我幫忙。你的性格很像男人，不喜歡修飾打扮，穿衣服也很隨便，那個大手提皮包裏，裝着的不是小鏡子、粉盒、口紅，而是文件、稿子、信札之類。

自從我由美返臺，每天上午去三軍總醫院作物理治療的時候，至少每週有一兩次，我要去羅斯福路三段中國戲劇中心，爬上三樓那間小房子和你談談，每次你都要招待我一杯咖啡，幾片餅乾。那次你從漢城開會回來，送我和蟬貞各人一包禮物，你說：「冰瑩，眞對不起，你的腿行動不便，還要你爬三樓來看我，今天又要你把這份小禮物送給蟬貞，實在因爲我太忙，不能親自送去。」

把這些瑣瑣碎碎的小事寫出來，爲的是紀念你對朋友的誠懇、熱情。

前年（六十三年）八月十七日下午六點，你請我在新生南路的老爺飯店吃飯爲我餞行，只有我們兩人。你問我幾時回來，我說不一定，你要我早點回來，並告訴我在內湖，你有座房子快完工了，希望雪林、蟬貞和我都去住些時，像那次在金山海濱一樣，過幾天逍遙自在，無牽無掛的生活。

唉！曼瑰，誰知這一次的聚會，竟成了我們的永別呢？早知如此，去年暑假，我就應該回來看你的。

曼瑰，我最替你難過的，是你天天盼望建築一座理想的劇場，舞臺可以旋轉、升降，天天有很叫座的話劇上演；盼望小劇場普遍到每一個村鎮都有；這希望還沒有實現就去了。你去得那麼快，那麼匆匆！你的第三部大劇「望子成龍」，一定有人替你完成的，你不用操心；理想的劇場，將來也會建築起來的，你儘管安心吧。

曼瑰，我不再哭你了，我的左眼剛開過刀，一面寫，一面流淚，此刻我的淚已乾，我只眼巴巴地望你回來，我們心裏老覺得你並沒有死，你是去遠方旅行去了，你還會回來的。

親愛的曼瑰，眞的，我時時刻刻在盼望你回來！你要早點給我一個夢呵！……

六十五年一月二十三日夜於舊金山

悼盧隱

房東送來一份申報。拆開來，照例先從第五張自由談看起，突然，「盧隱死了」四個大字印進我的眼簾，我以為自己看錯了題，或者是同名的死了！仔細一看，果然是和我有過一度交情的盧隱死了！上帝，我該不是在做夢吧？我的心戰慄起來了，眼睛裏盡是些盧隱的影子在晃着：快樂的、憂鬱的、沉靜的，甚至連那次在四海春喝醉了酒的盧隱、在民國日報社打哈哈、在我的小房裏嘆氣的盧隱，通通來到我的眼前了！

我和盧隱認識，是在一九二九年的春天。那時我和小鹿在編輯北平民國日報副刊，她和小鹿是很好的朋友，因此常常來報館談天。但我們第一次見面，還是在四海春。這天是許少炎先生請客，女賓就只有我們三人。她和小鹿都是會喝酒的，我看到她那種一杯一口像夏天喝汽水一般的情形，就嚇得瞠目咋舌。

「來！我們來敬這位遠道來的新朋友小兵三杯！」

小鹿敬完了酒後，第一個站起來敬我酒的就是盧隱，我那時眞爲難極了，要想拒絕她，我們是初次見面，於面子有點過不去；索性喝三杯吧，又怕她以爲我也和她一樣酒量大，再來三杯，別的人也跟着每人來三杯，那可糟了！幸而急極生計，我假裝有病不能多喝酒，只能接受一杯，其餘請小鹿做代表。後來居然她兩個人醉得一塌糊塗，大笑大鬧，一直到下午五點鐘（飯是十二時開始吃的），才叫車子送她們回去。

這一次我們沒有談什麼，她只問了些我當兵時的情形。

「現在你還想當兵嗎？」她笑着問我。

「祇要有機會，當然去的！」

「我佩服你，我是沒有這種勇氣的。」

「當然，你怎麼捨得你的小盧隱呢！」

小鹿這句話引起了她的悲哀，於是她立刻沉下臉來嘆息了！

又是一天下午，她來報館找我們玩，三個人坐在我那間編輯室兼寢室、會客室、休息室，有時當食堂用的小房間裏，吃花生、剝瓜子。小鹿提議要她將她寫給李唯建先生的情書發表，她笑着說：「那有什麼關係？發表就發表，不過慢一點，也許我們不能成功呢！」

哈哈哈，又是她的笑聲。

我自從知道她的丈夫死了，廬隱整天過着以淚洗面，以酒消愁的生活以後，我便替她擔憂；一聽到小鹿說她有了新的小愛人，我才爲她慶幸起來。

又是一個熱得令人要自殺的夏天午後，她又來找我們談天。

「這兩天你的小愛人來看過你沒有？」

小鹿是慣於開玩笑的，她一進門，就取笑她。

「唉，也許是一幕悲劇呢，我知道有許多人會說我的閒話，因爲我是個生了孩子的『老』母親，而他只能做我的小弟弟。但，管他的，戀愛是自己的事，怕別人反對幹什麼？」

由她這幾句話裏，我看出了她內心的矛盾。一方面在顧慮着社會的閒言，一方面正被愛之火焰燃燒得厲害的她，又想不顧一切地過着她的熱戀生活。

「閒話？只當它放屁，你只管愛你的好了。廬隱，我贊成你早點結婚。」小鹿說。

「一個人連戀愛都沒有自由，簡直就不要做人了！」我也正言厲色地說。

我那時雖和她認識不久，但也很懂得她的心理，了解她的爲人，雖然她的思想和我不同，但在友誼上，我們是相當好的！

不久，報紙遭了厄運，以過激的罪名封閉了，從此我和小鹿搬進了女師大，而廬隱也不常來了。

從那時一直到現在，我們就沒有見過面，現在是永遠不能見面了！唉！

是前年的冬天，我到三德坊看小鹿，她對我說：

「小兵，你快去看看盧隱吧，前次她來還在問你呢。她現在怪可憐的，你去看看她吧。」

「怎麼？怪可憐的，她不是已經和她的小愛人結婚了，生活得很幸福嗎？」

我聽了說她可憐的話，不覺大大地驚奇起來。

「結婚了雖然幸福，可是孩子不斷地來，這就使她苦死了！」

「現在生了幾個？」

「雖然只有兩個，可是已經……」

我知道底下沒有說出來的話是什麼。

「唉！太苦了！那比生孩子還要苦痛，還要危險呢。」

「可不是嗎？她說做女人眞無聊，太痛苦了，倒是生不如死。」

我好幾次下決心去看她，而且有一次已約好了輝羣女士，先在她家裏吃了晚飯，再去看盧隱，然後大家一同去看工部局女子中學的遊藝會；後來不知臨時發生了一件什麼事，我失約了，沒有到輝羣那裏吃飯，但我們後來終於在會場碰着了。

「盧隱呢？」我問輝羣。

「就在前面，你看見沒有？咧，那位穿灰色旗袍的就是她。」

順着她的手指去，遠遠地我望見一幅消瘦、憔悴的側面影，不覺長嘆了一聲。

「你要不要找她？」輝羣問我。

「不要，這裏人太多，不好說話，還是改天我去看她吧。」

唉！誰知錯過了那次見面的機會，以後就永遠見不到她了！

盧隱，你個人是得到了解脫，永遠離開了這苦惱的人間。但你在九泉之下，也曾想到你丈夫和女兒的悲哀？三歲的孩子，雖然不知道你是死了，她以爲你在睡着，等下就會醒來的。但這無知的幼兒的慘狀，更是多麼令人痛心呵！

盧隱，由於你的死，使我憶起了和你同病而亡的冰之——烈文先生的故妻。你和冰之都被庸醫所誤，想起來眞痛心，一個女人的生命是多麼渺茫呵！不是死於刀槍之下，便是送掉在孩子手裏。我不是樂生畏死的人，但對社會曾經有相當貢獻、在文學上有希望的人，是不應如此輕輕地死去的。你們的死的確是社會的一個損失呵！

寫到這裏，已經是起更時候，外面正下着大雨，響着暴雷，我放下筆，對着電光閃閃的

淒風苦雨哭多慈

這是舊金山少有的氣候，灰沉沉的天色，籠罩着整個城市，一陣陣的狂風，吹着玻璃窗噹噹作響，雨並不大；可是一陣陣下個不停，彷彿是離人的眼淚，是那麼淒清，那麼令人魂消腸斷……

我翻開貼相簿，看到你、嫒珊和我的合照，我的心痛了，淚珠兒一顆顆地往下滾，我坐在當中，嫒珊緊靠着我坐在右邊，這是一張長沙發，本來可以三人坐在一塊兒的，不知怎的，你突然跑去茶几左邊的單人椅上坐了，身子略傾向我們，因爲是自動照相機，三個人都沒有說話，靜靜地聽着「癡那」的一聲。

這就是我們三人在「雙勵閣」結拜三姊妹松、竹、梅歲寒三友的相片，也是此生最後的一張合照。多慈，你那裏知道我今天晚上內心的悲痛，我不只是爲了少了一個好友而傷心，我是爲我們的女界、藝術界，失去一個多才多藝的善良聖女而悲嘆。

親愛的多慈，我的竹妹，這是一封想了半年而未曾動筆的信，每次放好了稿紙，想要動筆，萬語千言，眞不知從何寫起。你知道我近幾年來，記性特別壞，我的日記除了六二、六三兩年的而外，都不在身邊，我們過去交往的事，如今存在腦海中的，已是模糊一片，多慈，讓我從今年二月開始寫吧。

二月二十四號下午，我回到家，一眼看到桌上那一大堆的信，高興得大叫起來，數了一下，一共九封，來不及喝水，就一封一封地看下去。

「蟬貞的信，你看完了沒有？」達明問我。

「看完了，怎麼樣？」

「再看封面。」

「方才看電視，多慈去世了！」

這是蟬貞信封反面的兩行字。

「不可能！不會的，我不相信！」

我在自言自語，這突如其來的刺激，我如何受得了！

這時，我的心在急劇地狂跳，熱血在沸騰，我用顫抖的手，撥了媛珊的長途電話，起初兩次都沒有回音，第三次她回來了，我開口便問「多慈呢？」

「她去了，她是在西岸去世的。」

「不可能，怎麼我一點消息都不知道。」

以後，媛珊用哭泣代替說話，我也發不出聲音，很久，很久，只好掛上電話筒，倒在沙發上，讓淚水流個痛快。……

不用說，這天晚上我失眠了！

記得我們初次見面，是在師大的校慶酒會上，我們兩人坐在一塊兒，忽然有位女同事，指着你額上正中的黑痣說：「你們看，孫教授額上的痣和謝教授的完全一模一樣，哈哈！她們兩人是眞正的『同痣』。」

從此我們是「同痣」的逸事，傳遍了女同事，我們都很奇怪，爲什麼你我都沒有注意我們的痣，而讓第三者去發現呢？

「好極了！多慈，從此我們成了同痣（並非同志），我們是特別的朋友……」

「爲什麼不是同志呢？我們都是獻身於教育，獻身於藝術的朋友，爲什麼不可以稱爲同志呢？」

你不等我說完，連忙接着說。

老實說，多慈，我眞喜歡你，自從第一眼見到你之後，我的腦海裏，便深深地印着你的影子。你是那麼高貴，而沒有絲毫驕傲的氣息，那麼溫柔和藹，落落大方，你又是那麼謙虛，沒有半點藝術家的架子，任何人稱讚你的藝術造詣時，你總是含笑地回答：

「那裏，那裏，慚愧得很，我還在學習階段呢，藝術是無止境的。」

不錯，世間一切的學問，都是沒有止境的；不過有些人自以爲是大作家、大藝術家而自高自大，看不起別人的作品；而你，多慈，你是那麼虛懷若谷，你從來沒有說過別人一句壞話，有人當面恭維別人，背後便批評，甚至謾罵；而你是那麼忠厚、誠懇，沒有自私自利之心，經常幫助朋友、學生解決問題。記得有一次，媛珊趁你的大公子爾羊回臺省親之便，託他帶給海音、琦君和我以及其他幾位朋友的紀念品，你在病中，還乘車在晚上一家一家的送。那晚我恰好從外面回來，在巷口碰到你，你只將禮物交給我，說什麼也不肯進來坐，你說：

「太晚了，我還有幾家要去。」

「給我的，你就放在師大收發室好了，何必跑這一趟。」我說。

「不！受人之託，忠人之事，我一定要親自交到你們的手裏才放心。」

這雖是一件小事；可是由小見大，你是這麼一個可信可靠的朋友。

＊　＊　＊

自從你參加慶生會之後，我們一個月照例聚餐一次，有幾次你因事或因病沒有來，大家都在掛念你，因爲我和你同事的關係，朋友很自然地問我：

「你最近看到多慈沒有？她的身體好不好？」

「很好，很好，謝謝你的關懷。」我信口回答；其實我們是經常幾個月不見一次面。記得雪林住在師大第六宿舍的時候，我去看她，她指着斜對面的房子說：「冰瑩，你知道嗎？那是多慈的畫室，你去看看。」

「唉！可惜我太笨，要不然，跟你們兩人學畫，多方便。」

「我們？你不要開玩笑，我在巴黎雖然學過畫，可是到現在都忘光了，我也正想拜多慈爲師，好好地開始學呢。」

雪林去臺南以後，每次遇到你，總是說：

「蘇先生不應該離開師大的，她一個人在那邊太寂寞了！」

有一年暑假，雪林和我約好了邀你和曼瑰、蟬貞……等幾位文友，集體遊日月潭，住在教師會館，你作畫，我們寫文章，讓我們這一輩子過幾天快樂生活，也不枉來這世間一趟，沒想到你們都說因事不能參加，結果只有淑年和趙雲陪我們上山，要不是她們兩位壯丁，我們上下車時，怎能提得動那三件行李呢？

到了日月潭，住進教師會館，面對湖光山色，我們忘記了城市的煩囂，彷彿走進桃源仙境；可惜趙雲和淑年只住了兩晚就回臺北了，剩下雪林和我同住一間房，日夜在埋怨你們幾個人不應該失信。

「別人不來，我們還能夠原諒，一個是立委，一個是代表，他們是要人，我不勉強；但是多慈，她應該和我們一樣，是個自由人；而且她從來答應了的事不失信的，這次爲什麼不來呢？」

雪林埋怨你，我也恨你；不過有一次我很高興地和你同床，談了不少的知心話。

那次是中國文藝協會組織的棲霞山訪問團，一共有十餘人，分坐三輛吉普車上山，走到半途，突然發現山崩，泥土和石頭擋住了出路，車子停在路旁，等待那十多位工人在挖掘。

「我的天！這要等到什麼時候才能通車？」

我永遠改不了我的急性子，看到前面的情形，不覺長長地嘆了一聲。

「不要難過，你可以坐在車上寫文章，我來寫生。」你含着微笑對我說。

多慈，我眞不懂那時候你怎麼這樣有耐心、有修養，你一點也不着急，從從容容地由你的小提箱裏，找出畫板來寫生。我站在你的身邊看，你說：「謝先生，你的衣服帶得夠不夠？山上很冷，我這裏有毛衣。」（二十多年來，你都叫我謝先生，直到六十一年我們在紐約媛珊家裏，三人結拜姊妹後，才改稱大姊。）

「謝謝你，我也帶了毛衣。」

由於你的忍耐、鎮靜，使我也靜下心來寫日記；嗣汾、君穀也在小本子上寫什麼，還有幾位男士在抽煙，他們也很着急。

「如果今晚不能上山，我們在這裏過夜才倒楣呢！」

記不清是誰說的。

「不會的，你看，他們不正在努力修路嗎？也許很快就要通車了。」

這是你給大家的鎮定劑。

「通車不通車，於你沒有影響，反正你在作畫，躭擱的時間越久，你的收穫越大。」

我故意開玩笑地說。

「不！我不希望久，和你們一樣，只想馬上開車；可是既來之則安之，路壞了，有什麼辦法呢？」

那次我們在路上，整整地枯候了七小時，每個人都現出焦急的表情，嘴裏說着埋怨的話，多慈，只有你一個人，始終沒有說過半句不高興的話，臉上老是浮着笑容。我相信，假如我能天天和你住在一起，我的急性子一定會改好的。唉！誰料到在雙勵閣三天的歡聚，就成了我們永別的前奏呢？

車子從稀鬆的泥土上滾過，要不是那位司機有高明的技術，也許我們都滾在山下成了泥人，不死也會重傷的。

那晚主人特地從臺北請來大司務，運來很多很多好菜，招待我們這批搖筆桿的朋友，大家都吃得興高彩烈，喜歡喝酒的幾位，不住地在乾杯，坐在我右邊的你，輕輕地說：

「來到山上，應該和他們吃一樣的才對，山上的青菜蘿蔔，比這些大魚大肉要好吃多了。」

「我和你有同感，我們今晚的盛宴，假如給那些伐木工友看到，一定要氣死了！」我回答你，兩人會心地一笑。

這次實在是天公不作美，原來我們的目的，是想參觀原始森林的寶藏，以及用機械伐木、運材的種種設施，以便文友們收集材料，好寫些生產文學，沒料到下了一夜大雨，一切計畫都付諸流水。

多慈，對你我來說，這是最值得紀念的一夜，我們三個女的（我一時想不起那位是誰）分配在一間房裏，我們兩人，共蓋一床厚棉被，也許是新換地方，也許因爲日間候車太累，兩人都睡不着，於是就談起悄悄話來。奇怪，我們兩人在性格上雖然不同，卻有相同的興趣和嗜好：例如你喜歡遊山，喜歡大海，我也一樣。你說到過黃山、九華山、天台山；我也告訴你，我遊過衡山、華山，各人都把去過的名勝，加以渲染描寫一番，使對方聽了，爲之神往；最後，我們談到人生問題，你是樂觀的、積極的，對於人生你從來不咀咒，你的生命是美化了的，正如雪林常說，你是美的集合體，上帝的傑作；依佛家來說，你彷彿是觀音菩薩的化身，你有大慈大悲的好心腸，在你的內心裏，充滿了愛、充滿了責任感，凡是和你交往過的朋友，或者受過你教育的學生，沒有不欽佩你，沒有不說你是個大好人的。唉！多慈啊，這麼一個好人，怎麼這樣快就脫離塵世，難道上帝也需要你去從事藝術工作嗎？

「大姊，明天多慈要來，和你商量一下，是你睡客廳，還是多慈？」

媛珊徵求我的意見。

「當然我睡客廳，多慈和你睡。」我回答她。

結果呢？你來了之後，說什麼也不肯和媛珊睡，一定要把席夢思床讓我，晚飯後，是我們最快樂的時間，三人舒適地躺在沙發裏，談往事、談朋友。現在我已忘記不知是誰先提起「我們三人的感情這麼好，個性也相同，何不結成松、竹、梅歲寒三友。」反正說這話的不是你，就是媛珊。我馬上同意，各報年齡，生年月日；我最大爲「松」，你爲「竹」，媛珊最小爲「梅」。當晚你就畫了兩幅竹子給我，我也下了決心，一定要把四君子學好，又告訴你們，雪林、問鵑和我也曾經照過相，算是桃園三結義；但她們兩人的眞實年齡，始終沒有告訴我，不知問鵑與雪林誰大，在我們三人中，我算是最小的；如今我們的歲寒三友，我做了大姊，非常高興！從此我們寫信，有時用松姊、竹妹、梅妹，有時也用大姊、二妹、三妹。唉！你爲什麼去的這麼早？這麼快？應該是我先走的，如今輪到我來哭你，叫我如何不痛心？

你給我的兩封信，我將它當做寶貝似的珍藏着，我沒有想到你是這麼關心我、鼓勵我，明知我畫得不好，還誇獎我竹竿畫得有力，你的信上還特別談了許多關於畫筆的話，我要將這兩封信附在這裏，使朋友們知道多慈非但是個畫家，而且字寫得秀麗有力；第二封信，我覺得更有發表的價值，由此可知你是個責任心很重的人，寧願犧牲自己的健康，爲藝術、爲兒孫忙得忘了自己是個患癌症的人！

冰瑩大姊：

來信及墨竹兩張，今日（二十五日）收到，使我驚奇的發現你確實大有進步了！（文學家究竟不同是嗎？）竹竿畫得很有力；而且墨色也好，竹葉還得多練習，注意竹葉的反、正、側面，另寄上一張畫稿，以備練習之用。畫竹非我所長，但作爲練習，沒有問題，以後再畫松梅如何？

還有一事需得向你說，上次在媛珊處，我告訴你范先生用過的毛筆大蘭竹，畫竹用最好，後來好像你沒有帶走；我建議你還是帶了去，因爲媛珊不寫字也不作畫，放在那兒蛀了很可惜，不若你帶了去。將來我回臺北後，可以再送你幾枝較小的，大蘭竹下，還有小、中蘭竹，你如在臺北買，一樣很貴，大約也要一、二百元臺幣一枝。媛珊不用，任其蛀蟲，你何不帶回臺北？看起來，您畫竹大有可爲，請繼續努力！

很可惜你就要離美，但年內我們大概可以在臺見面。媛珊一人獨居，實在太孤寂，希望你明年再來，我們三姊妹又可相聚，生計問題，慢慢設法解決。

我住處沒有 Bus，一定要開車半小時到城內，才可乘火車或 Bus，所以我上星期日無法去紐約和你們見面。

匆匆不多寫，容在臺北細談，另附還墨竹二張及我作墨竹一張。

敬祝

旅途平安愉快

二妹　多慈手上　九月廿五晚

一般人寫信的習慣，都不喜歡寫年，只寫月日，這是最不好的，我在她的信上加上六十一年。

第二封

親愛的松姊：

你抵西部後來信，早就收到了。這一段時間內，我都在昏頭暈腦中度過，因爲我女兒黛烟的丈夫亭林病了，兩三週前去紐約醫院檢查，結果發現是鼻部的後咽部生了瘤，切片檢查後，證實是「癌」；因此全家都大爲緊張，他的兄弟姊妹，每日不斷從其他城內開車來探視，家中亂得一團糟。每天我要幫忙她燒飯、整理房子、看小孩；我自己又在教幾個學生，又要趕些「歷史人物畫」，寄回文化學院，還得自己裱畫，因此煩得很！兩個多星期，沒有和梅妹通電話，更不用說寫信了。現在我的女婿每週一至週五，都要開車到紐約醫院照射鐳錠X光及鈷六十。據醫生說，可以控制住，不會發生危險。女兒黛烟每天陪他去醫院，要到午後五時以後，才能回到家中，小孩我得照應，還得燒晚飯，他們週末不去醫院。

上週六蔣健飛請我吃飯，正好我可以借此機會來看梅妹，她也正好打電話問我怎麼不來紐約，因此我便和小兒玨方一同來了。週六晚上，到了紐約火車站，正好下雨，我又不願麻煩梅妹開車來接，她身體又不好。我們到了她家，已是晚上十一時。她也等我們不來，正在焦急。昨天（星期六）（冰瑩註：多慈原函爲星期日；但後面有週末，想必匆忙中將六誤寫日）我和梅妹去看了趙春翔的畫室（梅妹說趙先生要看齊白石的畫），然後趙先生來到梅妹APT（公寓）看畫，留在這兒吃了晚飯，梅妹並將范先生的藏墨給我們看了，大家算過了一個愉快的週末。梅妹一人獨居，實在太孤獨；但我目前也不能來陪她，奈何，奈何！

您的生日，我因沒有找到舊日曆，誤以爲您的生日是在梅妹後一月。請原諒我沒有向你道賀並沒有寄卡；並請您原諒我很久沒寫信的苦衷。

這封信是在梅妹家中寫的，今天是星期一，我要去醫院和黛烟女兒及女婿見面，然後和他們一同回 Conn. 然後又要很久才能來紐約了。希望你也常寫信安慰梅妹，這個月是范先生（去世）的週年紀念，並盼您自己好好保重，我希望能在年內回去。匆匆容再談。祝

健康愉快

竹妹敬上　六十一年十一月五日

唉！親愛的竹妹，誰想到這就是你給我的最後一封信——絕筆呢？從你潦草的字跡和一下「您」，一下「你」以及不修辭，想到什麼就寫什麼各點看來，可知你當時心中的煩、

忙。

回憶起來，實在太令我傷心！去年從一月到七月，我們才見面四次，一月二十九夜，你去送梅妹的禮物給我；二月二十三上午九點，我坐了計程車去看你，幾年沒有去過，馬路改寬了，路名和門牌都改了，兜了好幾個圈子，總是找不到，後來靈機一動，給你打電話，這才找到你了，雖然花了半小時，總算見到你了。一見面，你就說：「眞對不起，害你找了這麼久，一定花了不少計程車錢。」唉！多慈，你爲什麼不說見到我很高興呢？

那天許先生在家，我問起你的病，許先生說近來正在看中醫，吃了幾副藥，似乎好了一點，你忙着爲我泡茶，弄點心去了，並說要留我吃飯。那天中午，我要去羅太太家，所以堅決不在府上打擾，你似乎很不高興地說：「松姊，爲什麼這樣來去匆匆，吃一餐飯，花不了多少時間，你忙什麼？」

「你的身體不舒服，我不願麻煩你；何況我眞的有事，改天我來陪你一整天。」

「眞的嗎？最好住在這裏。」

唉！多慈，早知你要和我永別，爲什麼那天不留下和你吃飯，多與你談談呢？

也不知道是否因爲有許先生在客廳，空氣好像變得嚴肅一點，我們不像在梅妹家那麼自由聊天。一小時候，我向你們告辭，你一定要送我到大馬路，那時細雨霏霏，你要回去拿傘，我謝絕了，因爲我想這麼遠，還要送傘來，太麻煩了，於是我故意說：「我最愛在毛毛雨下面走路。」你說：「我知道，你不是寫過一篇「雨港基隆」嗎？」後來我問起你的近況，你告訴我你苦悶的心境，我完全了解你，親愛的竹妹，你爲了病，已經够受苦，够受磨折了，再加上精神上的痛苦，唉！竹妹，我除了同情你，安慰你之外，還能說什麼呢？

臺北的計程車是很多的；可是那天郊外很少，這正好給我們一個談話的機會；但我躭心你受涼，我催你回家，我想去搭巴士，你絕對不肯；正在我着急的時候，計程車來了，我開門進去，連手都來不及和你握，車就開行，你從窗口丟進司機一百塊錢，氣得我發抖，我叫司機倒回去或者停住，我要送還你這錢，司機輕鬆地說：「是好朋友，她要請你坐車，有什麼要緊？要還她，你們下次見面再還好了。」

回到家，我立刻給你打電話，對於你今天的客氣表示抗議，你笑嘻嘻地說：「松姊，你這麼斤斤計較，是不是把我當做外人？你再提這件事，我就要傷心了！」

我眞的是爲了怕你傷心，以後兩次見面，都沒有提及這事。

我眞不懂，爲什麼我們每次會晤，都離不了雨；而且最後兩次，都是傾盆大雨；七月三十一日的下午，更是雷雨交加，使我想到你躺在榮總病房，望着窗外的大雷雨，不知多麼難過！

先說四月四號吧，淑年請吃午飯，早在一星期之前，她就告訴我：兒童節那天，要約多慈、澗清、鄒謙太太、趙瑩去她宿舍吃飯，我說太麻煩，她一個人忙，又沒有人幫忙，勸她取消，她說：已經約好了你們；而且都同意在中午。我想到和你見面，也就答應了，因爲她們四位離我很近，隨時都可以見面的。

那天我們都不約而同地到得很早，趙瑩在厨房幫忙，我們四個人都有訴不完的苦經，你有病，別人以爲你還不知道是癌，其實你早已知道，醫生在瞞着你；但你達觀、堅強，你不怕死；只是不願意這麼早死，因爲你要繼續你未完的藝術工作，你捨不得你的親人和朋友，你在拚命掙扎，忍受照鈷六十，吞服西藥、中藥；只要有人向你建議那個醫生好，那種藥有效，你都接受。澗清和我都是斷過腿的，她也住過榮總醫院，腸子開過刀，至今每天還要花費兩小時功夫，來爲它保持清潔；曼友先生去世後，鄒太太要去醫院工作養家，我們都是苦命人，沒有什麼好話可談，只有彼此的關懷。

那天吃飯時，大家看到一滿桌子佳肴美酒，都高興起來，你和澗清、鄒太太都不喝酒，剩下趙瑩、淑年和我三人，一杯又一杯喝了個痛快。

「唉！你們都要少喝酒，對於身體有害的。」

你鄭重其事地警告我們。

「人生難得幾回醉。」淑年說，我也緊接着回答：「酒逢知己千杯少，喝吧，喝個痛快！」

當時你和潤清都爲我着急，怕我眞的喝醉了，勸我多吃菜。

「喝酒一定要喝到有點飄飄然的醉意，才有意思；要不然，何必預備酒，何必請客呢？」

我明知道這話有語病，也許眞的喝醉了，我顧不到淑年聽了，是否會生氣，只管又乾了一杯。雖然是紹興酒，喝多了，還是不好受的。

「謝先生，你是海量，紹興酒你不過癮，我還有金門高粱。」

淑年說完，馬上新開了一瓶高粱酒，你很着急地說：

「蘇先生，不能再給大姊喝了。」凡是喝酒的人，都是喝醉之後，嘴裏還在不斷地說：「不醉，不醉。」唉！竹妹啊，你知道我近年來爲什麼特別喜歡喝酒嗎？自從跌斷腿之後，我已自認爲殘廢之人，既然是一個廢人，活着還有什麼意義，何必讓親友爲我關懷，掛念呢？老實說，每次我與朋友歡聚時，我就想到：「下次我還能見到她們嗎？」

飯後，我們應該坐下來好好地多談談；但鄒太太和趙瑩下午都要去上班，她們先站起來走；沒想到你和潤清也要走，吃飯時，突然下起大雨來，好不容易在巷子外面等到了一輛計程車，你和潤清先走了，因爲我還要上街買銀耳，託人帶到馬尼拉去送秀針，只好由趙瑩陪我。兩人共一把傘，我們的衣裳都打濕了，臨別時，淑年很失望地說：

「我今天特地向學校告假一天，目的是想大家在這裏多談談，孫先生住得那麼遠，我們想見面一次，眞不容易，爲什麼你們都急着走呢？」

「下次約個日子，我請你們去我家吃飯，痛快地玩一天。」

你緊接着說。唉！多慈啊！言猶耳在，你卻永遠不踐約了，寫到這裏，叫我如何不傷心落淚……。

* * *

這篇文章，已經寫了兩個多星期了，寫寫停停，爲的是太傷心，一面寫，一面流淚，索性哭個痛快再寫吧（八月二十四夜）。

七月三十一號，這更是我最難忘的日子，因爲這是我們永別的一天！

三十晚上，我剛從南部訪友歸來，蟬貞來電話約我第二天早晨先到她家裏吃早點，然後雇計程車到陽明山先拜訪林語堂先生，回頭再去榮民總醫院看馬星樵先生和你。

一年多不見，林先生和林太太都老了不少，令我們最難過的是，林先生的記憶力大不如前，他起初問我：「冰瑩，你到過韓國沒有？」「到過，我們那年不是一同去韓國開筆會嗎？」

「啊啊！」他望了望蟬貞，又同樣的話問她，她也用我的話，回答林先生。

這時我和蟬貞都很難過，回想那年在臺北中泰賓館，舉行亞洲作家大會，以及在漢城參加世界作家筆會，語堂先生都是以會長身分主持會議，發表演說，應付記者訪問，腦子清清楚楚，如今竟連那時我們在一塊兒開會的事，都忘記得乾乾淨淨了；還有，他端着汽水杯子的右手有點發抖，我們怕他們忙，不敢多打擾，蟬貞將鮮果交給那位司機太太後，沒坐多久就去榮總。

多慈，親愛的竹妹，那時你紅光滿面，精神飽滿，見了我們，你第一句話便說：

「我好多了，過幾天就要出院，你們這麼遠來看我，還要帶東西，眞不敢當。」

我不知道從那裏產生的預感：我覺得你是廻光返照，我看到你的笑容，彷彿那是你最後的微笑，你問我什麼時候去美國，我說下個月，「也許我們又在美國見面。」你興奮地說：

「不！等你出了院，我還要去新店看你。」我說。

「不要，不要，你的腿不方便，還是我來看你。」

多慈，後來我因忙着趕辦出國各種雜事，特別是朋友送行的多，一日三餐都有約會；而你也沒有電話給我，不知道是那天出院的？抵美後，曾有三封信給你，如石沉大海，逼得我只好向朋友打聽你的病況。給許先生去信，他很快就有回音，告訴我你還在榮總，不久可以出院，唉！竹妹，傷心啊，我們二十多年的交情，竟連最後一面也不能見，最後一封信也讀不到，你答應送我的筆呢？你答應教我繪畫的，如今，除了我赴九泉之外，再也無緣見面了！

過去，我們是君子之交淡如水，見面也沒有多談，我還有一種不應該有的想法，以為你是個才貌雙全的人，性情那麼溫柔，說話慢條斯理，一定不喜歡與我這種粗線條的，穿過二尺半衣服的人為伍；其實，我的想法，完全錯了！你是那麼純潔，那麼善良，正如雪林說的，你是上帝的傑作，藝苑的瑰寶，為什麼你不能長壽呢？

竹妹，雪林來信引述蟬貞的話說，你是今年元月七日赴美的，臨上機時還休克兩次，又吐過血，在那種情形之下，你為什麼一定要來美國呢？為什麼不接受朋友的忠告在臺灣治療呢？

媛珊說你從洛杉磯飛紐約時，沒有穿大衣，一下機就冷得全身發抖，她問你何以沒穿大衣，你回答曾經給某小姐帶來一件大衣，在洛杉磯給她了。唉！竹妹，你是在美待過好幾次的，紐約的冬天是很冷的，難道你不知道嗎？

一到媛珊家裏，你就病倒了，媛珊請醫生來看，認為嚴重，令郎他們才送你住醫院，因爲醫藥罔效，又由令郎送你去洛杉磯。媛珊說，她那天晚上開會，匆忙中趕到機場與你見面，你當時躺在擔架床上，什麼話也不能說，只睜開眼睛，無力地望她一下又闔上了。

說到這裏，她哽咽地不能再繼續下去，我也不忍再聽下去了，我可以想像出媛珊當時的傷心；但她比我好，她還與你見了最後一面。舊金山與洛杉磯，只有一小時飛機的路程，爲什麼不叫令郎給我一個電話，無論如何，我會趕來醫院和你訣別的。

唉！竹妹，一定是你知道我的腿行動不方便，不願告訴我，又是你那「寧願自己忍受一切苦痛，不願麻煩別人」的心理，在貫徹你的主張，唉！竹妹，你那裏知道我的傷心……（八月三十一）

* * *

凡人皆有死，只是遲早問題，我們如果想開一點，只當做你出國旅行去了，不久還會回來的；不！事實上你永遠不會回來！親愛的竹妹，我不難過了，我們總有一天，會在那個沒有戰爭、沒有紛擾，安安靜靜的世界見面的。竹妹，你等着我吧……

竹妹，你沒有死，你的藝術生命，永遠放射萬丈光芒，照在中國的藝壇上。凡是認識你的人，沒有不欽佩你、懷念你、悼念你的。竹妹，你該很滿足了，愉快地、含笑地去享受你

祖母的拐杖

從我四、五歲有記憶開始，便愛上了祖母和祖母的拐杖。

這是國木匠特地爲祖母雕刻的手杖，扶手的頂上，是一個老壽星，下面有猪八戒、孫悟空、沙和尙、唐僧、以及花果山、水濂洞等。這是一根長得很奇特的樹枝，節骨特別多，每一個節骨上面，都刻着一個西遊記上面的人物。據大哥告訴我，這些猪頭猴面，刻得像眞的一樣，刻好之後，用朱紅的漆和貼金漆好，乾了之後，選擇一個好日子，祖母才開始用。

「我平生還是第一次用這麼漂亮的手杖，雖然重了一點；但是很結實，也很安穩，將來我死了之後，你們要記得把手杖放在棺材裏，免得我到陰間走路摔跤。」

母親說，祖母第一天用這手杖時，就說了這幾句不吉利的話；可是沒有一點關係，她仍然身體健康，活到八十六歲才去世。

「你祖母眞是個有福氣的老太太，她八十多歲了，牙齒還能吃炒豆，眼睛也很清亮，從來沒有戴過眼鏡。」母親說。

「可是祖母看不見穿針呀！」

我連忙接着說。

「穿針？連我也看不見了！唉！你們孩子們那裏知道老年人的痛苦呵，你下次替奶奶穿針時，不許笑她，太沒有禮貌了！」

母親這樣責備我。

原來祖母不肯服老，她喜歡自己拿針線釘扣子，縫補什麼的；可是她看不見針眼兒，找我幫忙的時候，我會笑她：

「這麼大的洞都穿不進，奶奶的眼睛太不行了！」

如今，我快七十歲了，常常穿不進線，很自然地就會想起祖母來。

* * *

自從祖母有了這根特別又美麗、又結實的手杖以後，她更喜歡串門子了。不用說，我是經常做她的侍衛的。她老人家，喜歡左手拿拐杖，右手扶着我的肩膀，到老屋裏，臺上去拜訪她的老朋友。每到一家，就有人爲她倒茶，拿點心；我是最愛吃糖的，所以很高興跟着祖母出去玩兒；不但能吃到各種糖果；而且每當祖母和別人聊天的時候，我就和小朋友玩兒，順便分些糖果給他們吃。因此，每逢祖母到了誰家，就會有一大羣小朋友圍攏來看祖母的拐杖；同時告訴我一些小朋友的消息：例如，誰家的童養媳又挨婆婆的打了；誰的媽媽又生了孩子；誰上山拾菌子，給馬蜂螫了；誰背「三字經」、「幼學瓊林」背不出，手心挨了老師多少板子。

有時候，我和小朋友在屋簷下打鞦韆、玩石子，忘記了祖母，她要回家了，就打發人到處找我，我很害怕地回到她的身邊，每次她都要假裝很生氣的樣子罵我：

「你眞像個野孩子，到處亂跑，下次我再也不帶你出來了！」

「好奶奶，下次我不亂跑了，一定還要帶我出來呵！」

我裝出可憐的樣子哀求奶奶，奶奶笑了。

＊　＊　＊

也不知道是否祖母的脾氣有點古怪，她不大喜歡媽媽，隨便媽媽做什麼味道好的菜孝敬她，她老是挑毛病，不是這樣菜鹹了，便是那樣菜淡了；有時明明煮得很爛的菜，她偏要說：「不爛，不爛，再拿去煮一煮。」

「媽媽也許受過她婆婆的氣，所以要在我身上報復。」

有一天，我聽到母親這樣向父親說。

「你不要有成見，老人家的脾氣是和我們不同的；你要想一想，她老人家在世的日子不多了，我們應該盡量順從她，將來等到我們也老了，假使兒女不孝敬我們，不聽我們的話，你心裏難過不難過？」

父親是個孝子，常常把二十四孝的故事講給我們聽，要我們效法王祥臥冰、孟宗哭笋，我似懂非懂地只是不住地點頭，母親無限感慨地說：

「唉！我的兒女，如果有你父親千分之一的孝心，我就不寃枉白費苦心養大你們了！」

當時我不懂什麼叫做孝，什麼叫做敬，什麼叫做順，等到我了解的時候，三位老人家，都先後離開人間了，唉！……

* * *

「你祖父是個大好人，一輩子喜歡幫助人家，沒有半點自私之心。他愛喝酒，喝醉了就高聲唱歌；有一次喝醉了倒在溪裏，還是別人把他背回來的。他死的那天晚上，又唱起那首老歌來了：『今日脫了鞋和襪，不知明日穿不穿？』唉！誰知他眞的從此永遠不穿這雙鞋襪了！」

這兩則故事，祖母不知說過多少次了，每次都要傷心地嘆息幾聲。

其實祖母也是個心地善良、非常慈悲的人，所以她老人家去世的時候，絲毫痛苦也沒有，只覺得有點頭暈，後來睡到半夜要水喝，咕嚕一聲，吞下水就斷氣了。

祖母的拐杖，沒有放在棺材裏，後來留給父親用。我想，將來我回到故鄉的時候，第一件事，先祭拜祖先；其次就是尋找祖母的拐杖，因爲我年紀老了，又跌斷了腿，正用得着它呢！

六三年八月二日於臺北

先父謝玉芝先生傳記

這是一篇在十年前就應該寫的文章，爲了有關先父的資料，除了他老人家給我的幾封家書，及一部份詩稿以外，其他有關他老人家的資歷及著作目錄，我一點資料也沒有，最近經我數次去函家鄉，才由張才希先生在族譜上找到一部份資料，最難得的是先兄贊鼇、贊篁兩人合寫的「家君七秩徵文事略」，及一部份鄉賢親友贊寄的賀電、詩文、聯語等，例如：李覺、柳亞子、何鍵、劉脩如、方鼎英、蘇鵬（鳳初）、曾傑諸位先生等的大作，承張先生抄寄，謹在此先向他致謝。

先父簡歷

先父輩名裔勳，爲顯康先生之獨子，家中貧苦異常，無隔宿之糧。先曾祖父兄弟六人，顯康居次，據先祖母說，先曾祖父分家時，僅每人一碗一筷。先祖爲佃農，先父從小放牛，常常帶書去自修，某次，牛吃了鄰家的禾苗，先祖大發雷霆，以竹枝鞭打，全身流血紅腫，先父跪地求饒，先祖母亦跪地求情，始免。

先父從師苦讀，加之生性聰敏，記憶力特別強，凡書過目不忘，參加鄉試，得辛卯科副貢（一名舉人），榜名玉芝，字錫林，又號石鄰，老年自號「守拙老人」。先母營造兩層大廈（共二十餘間，樓下居住，樓上藏書），至今爲共黨所佔，並未發還。所有藏書數萬册，及先父著作及手稿均爲紅衛兵燒毀，傷哉！

新屋落成，先父親書「守園」二字，並有五言對聯：「平生崇孔孟，守拙歸田園。」

先父生於清同治元年壬戌，四月初一丑時，歷任新化、資江、武岡、觀瀾、東安、紫溪、邵陽、圖南各書院山長，新化勸學所所長，新化縣立中學校長二十七年，桃李遍三湘，其治學嚴謹，誨人以德，有口皆碑。歿於民國三十一年壬午，古曆八月二十五日辰時，享年八十一歲，葬於塘沖，與先母合塚。

先母劉姓，閨字喜貴，安化羅家灣人。先外祖母生女三人，無子，先母居長，外祖父早逝，外祖母盲目，家中四口生活，全靠先母爲人傭工，擺小攤維持。生於清同治十三年甲戌，二月二十日午時，歿於民國二十六年丁丑二月初七日亥時，享年六十三歲，葬塘沖與先父合塚。

先父母生子三女二，長男承邑，學名祚棻，字贊鼇；次子承章，學名煥文，字贊堯；三子承宓，學名國馨，字贊篁（三兄簡歷附後）。

長女隆德，適安化三甲梁君伯貌，次女鳳英，學名鳴岡，又名謝彬，筆名冰瑩，適山東賈君伊箴。

以上三兄皆已去世，姊與姊夫，亦均不在人間。現居大陸者，有長嫂曾國英，三嫂曾憲玲，及姪兒直濱、直瀟，姪女素芳、鄂芳、桂芳，外甥梁生立及姪孫、姪孫女外孫兒女等共四十餘人。

先父的著作：

甲、已出版部份：

一、覆瓿文存初、二、三集二十餘卷。

二、修身教科書十卷。

三、國文教科書二十餘卷。

乙、未出版部份：

一、讀史類編百餘卷，內分文學錄八十卷、篤行錄十卷、愼獄錄二十卷、行人錄十四卷、間範錄十卷。

以上各書，皆別出心裁，義例嚴謹。

丙、地理部份，已成書者：

一、水經注地理今釋四十卷。

二、資治通鑑地理今釋若干卷（較儀徵吳氏爲詳）。

三、五史記事本末地理今釋若干卷，史記前後漢書三國誌地理今釋若干卷。

至於尙未成書，搜集採納泰西嘉言懿行，爲修身教科書續集者甚多。

丁、詩稿部份：

先父詩稿甚多，惜冰瑩手中所存者，僅有：

一、嶽游四首。

二、登祝融峯絕頂放歌。

戊、遺書兩封（附紅葉詩四首）

使冰瑩感到最傷心的是，先父在民國二十五年一月十七日，寄給我的著作覆瓿文存二集五本，三集四本，本來要送給早稻田大學教授實藤惠秀先生的；不料我於是年四月十二夜，被日警捕去，關在獄中三星期，受盡侮辱鞭笞之苦（見「我在日本」，七十三年九月，臺北東大圖書公司出版）。先父寄我的書，以及我的日記書信、相片等，全部被沒收，所幸這封一月十七日的信，因夾在一本日文教科書內，未被搜出，這是我視爲最珍貴的紀念品。

現在謹將三兄簡歷附後：

先長兄，輩名承邑，學名祚棻，字贊鼇，清光緒十九年癸巳八月二十六日辰時生。湖南高等師範學校畢業，歷任益陽五福學校、湖南第二聯合中學校校長、湘中汽車路局常駐委員、新寧縣自治調查專員、新化勸學所所長，益陽、攸縣縣政府科員、科長等職。民國三十六年丁亥，七月十四日申時去世，葬於鵝溪祖山之陽。

先次兄承章，清光緒二十六年庚子又八月十三日辰時生。學名煥文，字贊堯，國立山西大學校畢業，歷任山西省政府編譯，山西太原中學、曹州高級中學教員、湖南第一師範、明德中學教員；國民革命軍第四軍政治部、武漢衛戍司令部秘書，四十四軍政治部主任。次兄爲熊十力、梁漱溟兩先生所推重，著有「哲學概論」、「人生哲學」等。

民國十六年，因在軍中積勞成疾，咯血病發，於八月十八日，病故於南京鼓樓醫院，次年二月，三兄國馨始扶櫬歸里，葬石鼓沖。

三先兄承宓，清光緒二十九年癸卯，六月十七日子時生。輩名承宓，學名國馨，字贊篁。歷任湖南第一女師、明德中學、岳雲中學教員；湖南通俗日報編輯、北平河北訓政學院教授、漢口和平日報主筆、湖北省立第二女中教員、西北文化出版社總編輯，西北勞働營，戰幹團政治教官，第五戰區司令長官部秘書等職。

三先兄學問淵博，精通經典，著作甚多，惜遇紅衛兵之亂，所有著作，皆被搶去燒毀，無一存者，言之痛心！一九七六年，病歿於湖南長沙。

餘　哀

這是我永遠不能彌補的遺憾，傷心！寫這篇短文，我不知流過多少眼淚，世上也許沒有像我這麼薄命不幸的人，父母兄姊均已早逝，留下我這全身皆病，且兩腿傷殘的半死之人苟活人間，久無人生樂趣；特別使我傷心欲絕的，是先父因我而死，先母因我而飽受刺激，我眞是個忤逆不孝的大罪人，萬死莫贖！久已無意於人間，只因神州變色，至今無法親臨父母、兄姊之墓前哭悼亡魂，唯有遙祝他們在天之靈，永遠平安，俟我離開人世後，全家團聚，永不分離。……

附錄㈠　家君七秩徵文事略　　贊鼇　贊篁

附錄㈡　父親的遺囑　　冰瑩（待續）

附錄㈢　鵠磯憶語　　贊篁（待續）

最後，我要特別感謝湖南文獻的劉脩如先生及諸位編輯先生，能以最寶貴之篇幅，登載有關先父先兄各文，在此謹致萬分謝意。

七十四年（一九八五）二月十夜
冰瑩泣寫於金山潛齋

謝贊鼇
贊篁

附錄：家君七秩徵文事略

家君石鄰公覽揆於同治元年夏正以今歲國曆五月十五日，壽晋古稀，戚友門人，羣謀製錦爲壽，家君力辭未獲也，不肖兄弟，顯揚無狀，竊以鞠臆稱觴，不過一時之盛，謹敍次家君生平事略，徵求當世文豪，鴻詞偉著，以光家乘，而垂久遠；惟家君道德文章，昭昭在人耳目，不肖文筆拙劣，固難免掛漏貽譏，就其犖犖大者，略舉四端：曰篤孝，曰循仁，曰廉退，曰博雅，以就正於世之有道君子焉。

家君篤志詩書，以昌明聖學，扶翼世教爲己任，於孔子論仁之旨，體會至精，其言備著於文存，而行事，則無往而不以是爲準則，昔孔子辭聖之名，而自居於學不厭，教不倦，子貢稱之曰：「學不厭，智也；教不倦，仁也」，家君於學，固無晷刻之或閒，於教，則自辛卯舉於鄉，即無日不以授徒講學爲業，初充各書院山長，本邑資江而外，賓慶、武岡、零陵、東安，皆其撰杖之所，培植成德達材之士爲多；繼主講縣立中學，自前清以迄今歲，適歷二紀，無一期之間斷。講授而外，尤重以德化人，故校風敦厚，偶有風潮，得其一言立解，論者謂兼古之經師、人師而有之，非所謂教不倦者乎？至於孔子之答顏子，以克己復禮爲仁，答仲弓以見賓承祭及不欲勿施爲仁，又謂木訥力行近仁，又以居處恭，執事敬，與人忠爲仁，與夫中庸之所謂肫肫其仁，求之於家君，殆無往而不具備，其他捐資興學，修治道途，賙恤貧窮痌瘝在抱，此等小節，有未易更僕數者，蓋其宅心仁厚，尚友古先，一言必爲當世箴砭，一動必爲學人矩範，而其優游自得，淡薄營生，則又與孔子之飯蔬枕肱，顏子之簞瓢陋巷，同其至樂，非深於仁者而能若是乎？

以言孝行，尤爲篤至，先大父壽吾公在時怡怡色養，無幾微之間；先大父母晚歲精力稍衰，家君禱於上蒼，願減己壽延親，情辭懇至，讀者感涕。先大父歿，哀思盡禮，事先大母季太孺人彌謹旨甘之奉，罔有缺時。大母偶病，服勞侍湯藥，不辭煩縟。乙丑暮春，家君親入竹林掘筍奉母，翌日赴校，將成行矣，忽大雨傾盆乃止，是日大母病，越日捐塵，人以爲孝心格天，故能留家爲最後之訣別。居喪哀毀骨立，歲時祭祀，必謹而豐，復誓於神明，冀獲早從先大父母於泉下，以續其融融洩洩之懽愉。邇歲不肖兄弟在外，稍進旨甘，輒哽咽哀思，以未逮奉養先大父母爲恨，預留遺囑，以示幅巾待盡之決心，其他如主修總祠及族譜，慨捐鉅金，創辦族校，撫卹孤嫠，於外大父家之已絕嗣者，則贈產撫子，存亡繼絕，皆擴其孝親之心，闡其一本之誼，蓋家君之所得者仁，而其所守者孝，求之古人未多見也。

至其廉退尤有可風，家君少負經世才，留心民生國計，中歲見政途險巇，遂絕意進取，清李紹征經濟特科不就，友人或以功業相勉，則一笑置之。歷任各院山長時，立身耿介，未嘗一干有司，人或以詞訟請託者，必峻拒。民初任君壽國長湘省內務，擬開內政會議，致書家君，勗其相助爲理，覆書遜謝，諄諄以正人心安反側爲辭，比年課藝縣立中學，中歲因學款艱難，且教育界意見不一，公推家君長縣立中學兼長勸學所，家君一身三役，顧僅受教員原有之薄薪，近以碩德高年，執文壇牛耳，壽序傳誌之文，不時涉筆，然必其足以扶翼世教振刷人心，始假以形諸楮墨，若軍政要人，或巨商腹賈，夤緣勢利，乞求一言，則必婉爲辭謝，蓋廉退之志，耿介之操，養之有素故也。

不肖兄弟頻年效勞黨國，家君每有手諭，必戒以敦氣節，尚清廉，謹身節用，忠於職守，而深服乎尹和靖之母，所謂吾知泣以善養，未聞以祿養之說，不肖兄弟，謹識之不敢忘。以上所述，僅就生平德行，略舉數端，不及瑣瑣，至家君之學問淵博、文辭典雅，有非管窺蠡測所能形其萬一者，在乎讀者之自得之。生平著述等身（請閱冰瑩拙文詳列先父著作目錄），詩稿甚多，正擬編印，得見家君之詩文者，莫不服其造詣之深宏，至平日與友人弟子商榷古今析疑解惑，誠所謂大叩則大鳴，故從遊者，類能如鼷鼠飲河，人人滿腹而返，而卒莫能窮其究竟也。

家君雖志切殉親，且以世道陵夷，時深隱痛，顧其爲人實光外溢，精氣內涵，目辨蠅頭小字，足涉蹬曲高峰，一如壯健，豈其得天獨厚，抑仁孝廉讓之德，有以感動神明，而佑其矍鑠者耶，閻伯川先生，前撰家君六十壽序，引徐季常中論論壽之語，謂先生樂育英才，所成就者以千百計，壽考莫大於作人，則行仁之壽備，已而道德高異，文章儒雅，於聲聞之壽，抑其庶乎其言允矣！

家君配劉孺人，婉婉恭順，勤勞庶事，使家君無內顧憂，生男子三：長贊鼇，仲煥文，季國馨；女子二：長隆德適梁，次冰瑩適賈，煥文以第一名畢業國立山西大學本科，品端學博，極得當代諸名宿之期。許常與家君稟函往還，商討舊學新潮，意至樂也。家君方以繼志述事期諸其身，不意於民十六春，從事革命工作，初參陳貞如軍長幕，繼膺四十四軍政治部主任，隨軍北伐，以是年秋季積勞病故金陵，遺書殷殷以未克孝養爲恨；並囑季弟努力實現三民主義，不及其他。餘不肖兄弟二人，力謀以寬慰家君，而未獲其道。値茲古稀壽誕，思維所以表彰盛德，廣集詩文，以博家君之懽，且以爲來者無窮之式，謹爲事略，祈當世大雅君子寵鑒之。

不肖男　贊鼇
　　　　贊篁　謹述

選抄

常德賀電　李覺等

（銜略）清和首夏，先生壽居古稀，桃李滿城，拜手頌揚難老。覺等湘西于役，盛會不逢，謹叩嘏安，藉伸祝悃。十九師師長李覺、五六旅旅長鄉晚鄧南驥、門人曾廣軾叩。銑仰

七絕　柳亞子

雅量清才重謝公，天教名德冠南東，風塵四海兵戈滿，春在先生杖履中，

蘭薰雪潔好兒郎，弱女清才更擅場，安得兵氛稍銷歇，從君介壽過港湘。

七律　何鍵

古稀稱慶畫堂深，未覺遐齡鶴髮侵，著述漫云供覆瓿，聲名原已重南金，

梅山競以文爲壽，蒲節還應酒再斟，且喜階前雙樹玉，長承椿蔭作濃陰。

七律四首　劉脩如

南極輝騰應壽昌，東山絲竹敞華堂，酴醾風過催花信，兜天開透現佛光，

載筆共傳經世好，懸車猶爲作人忙，漣頭賫尾生徒盛，競寫臺萊製錦章。

勝朝珠網竟遺淵，詔舉賢良不入燕，周甲昔曾喧絳縣，太平今已重汾川，

維新俊彥皆都講，救弊宏規有類編，換盡丹心成鶴髮，此身分付廣文氈。
洛閩人往緒風微，壹意孤行與世違，學究游楊稚顯道，詩高庾鮑愛元暉，
孝廉榜上名難抹，耆舊圖中古更稀，漫羨著書多歲月，幾番減算爲庭闈。
記坐春風被齒芬，鯉庭詩禮幸嘗聞，雙珍已極荊南選，一駿曾空冀北羣，
把臂喜交吳季子，歸心遙向顧徵君，願携海上安期棗，徑獻霞觴九醞醺。

石鄰吾師今夏年登七秩，倏如游學滬上，未能升堂祝嘏，謹賦詩四章，以誌頌禱如上。

聯語

七言　方鼎英

楚國共崇鶡冠子　海天遙見老人星

七言　蘇鵬

八方星斗拱南極　一代經師拜鐸山

八言　曾傑

有萬卷書爲仁者壽　憑千里雁寄秣陵書

八言　曹伯聞

人望謝安爲蒼生出　天留伏勝傳魯叟經

黎錦熙

八　言

樂壽崇深仁智之性　金石堅固河嶽所鐘

曾繼梧

二十言

耆英高壽古來稀況能常事棗梨覆瓿有文言不朽

憂患餘生何所似奚止素慙桃李登堂祝嘏願終虛

父親的遺囑

自從在船上生活以來，特別多夢，昨夜，我居然夢見父親了！

那是在故鄉的後花園，父親拿着一把鋤頭在挖冬筍，天正下着大雪，我受母親之命來請父親回家，他說：

「你回去吧，免得受涼，我挖到一根筍就回來。」

「不！爸不回去，我也不回去。」

我還是小時候的淘氣樣，故意撒嬌地說。

「你祖母要吃冬筍，雪太厚，我還沒有找着，你先回去，好乖，我挖着一根，馬上就回來。」

雪花飄得越來越大了，爸和我的身上，都罩上了一層白雪，我覺得很好玩兒。他老人家正在用力挖着筍，這時媽媽來叫我們回去了，是她尖銳的聲音，驚醒了我的好夢。醒來，我又高興又難過：高興的是：快有二十年不夢見父親了，他還是那麼銀鬚飄在下顎，精神矍鑠，臉色紅潤，和我在民國二十六年離家時一模一樣；如今能在這萬里迢迢，渺茫無際的太平洋上見到他老人家，實在太高興了！難過的是：只聽到母親的聲音，卻沒有見到她的慈顏，也沒有見到祖母；假如有一次能在夢中與一家人團聚，那怕只有這麼一個夢，也就能慰我生平了。

＊　＊　＊

父親是民國三十一年去世的，那時我正在西安，腹內懷着莉兒，很想回去奔喪，醫生警告我太危險了，叫我不要回去；第二年，我以八個月的身孕，仍然回去掃墓了，回到成都時，在烏江和花秋萍的釣絲岩，兩次受驚險，兩條性命幾乎不保；但我沒有一點悔意和恐怖，原因是我負於雙親太多，實在應該多受點折磨，來減少心頭的內疚的。

一提到父親的死，我的心便感到深深地刺痛，在最初幾年，我有時簡直痛苦得幾乎想自殺，爲什麼？因爲長兄和三哥的來信，都說父親得病，是由於吃了我帶回去的華山參而起，三兄贊篁在九月三十日的信上這樣寫道：

「……初，父親於十三日服吾妹帶回之華山參及當歸、蓮子等蒸鷄吃，以夾有寒熱在身，食後通宵不眠，大小便並閉；十四早父白主方，服藥一劑，大便立通，小便閉癃如故，下午父又自服藥，不效。連日召醫診治，均不通，迄至十七日午，請西醫張俠東以橡皮管插入尿道，始放尿一便壺半；未幾，復閉塞如前，以至今晚，中西醫守診，仍未見效，日夜呻吟床褥，痛苦異常！余與家人侍側，亦心如刀刺。現病已入危境，能否痊癒，殊屬問題。吾妹聞之，必悲痛萬狀，然不能不以告也。」

天！看了這一段話，我更心如刀割，恨不得馬上死了，來換取老父的生命。華山參！華山參！這是我孝敬他老人家的補品，誰知竟因吃了它而奪去他老人家的生命呢？所謂我雖不殺伯仁，伯仁實因我而死，華山參害死了我親愛的父親，這罪應歸咎於我，我相信當他老人家在痛苦呻吟的時候，一定在恨我，兄嫂他們更會罵我，天呀！難道這是我的罪過嗎？

「我任課太多，身體亦弱，近日已請人代課，專在家侍奉，夜不解衣者十日矣；但使父病獲痊，卽以身代，亦所甘心；不知彼蒼果能鑒此微意否？」

「此番父病，家人均回；惟妹以遠隔數千里，且懷孕在身，自難歸侍，遙致禱祝之忱可耳。今後父病情形，自當陸續函告。」

當我收到三哥這封信時，我還存着一絲希望，以爲父親的病，說不定會好起來；誰知大哥的信和父病逝的電報，都呈現在我的眼前，還有什麼可說的呢？父親是眞的去世了，他是因爲吃華山參而得病的，我這一輩子都爲這件事感到痛心！

「岡妹：嗚呼！蒼天太無情，何竟奪吾輩老父以去？吾自父親死後，勉強勷辦大事；但鬢髮已霜，知在世尚有許久？迭接吾妹快函三件及外來慰唁函多件，本擬逐一作覆，每執筆輒嗚咽不能自已，以故作而中輟者久之，今日始含淚鼓勇，與妹報告幾句：

「父病始於古曆八月十三晚，病源係服華山參蒸鷄吃後，大小便俱閉……迭經中西醫治，毫無效驗，延至二十五日（卽十月四日）辰刻，竟溘然長逝矣！病中最難堪者，卽父親痛苦呼娘叫爹，慘不忍聞，吾輩侍側，因注射力窮，亦無別方可施，惟有日夜以淚洗面。

「方父未病前，甚盼望妹歸，樂敘天倫；但終以路途太遠，旅費過多，不忍見諸手諭，父母愛子之心，眞無所不用其極也……。」

讀完大哥的信，更加使我痛上加痛，父親臨死時的慘狀，彷彿歷歷在目，唉！是我害死了父親；可是誰知道華山參是這麼火氣大；而父親又是在有寒熱病的時候吃它，一片純孝的心，如今變成了致命的毒藥，老天啊，我的內疚和痛苦，非到我生命的最終，是無法解除的！

＊　＊　＊

父親離開塵世，已經二十九年了，我幾乎每天都想寫篇文章紀念他，把我內心的隱痛寫出來；可是每次一提筆便淚如雨下，我無法動筆，於是從抽屜裏把他老人家給我的信一封一封地讀一遍，然後再讀三嫂抄寄給我的父親的遺囑：

「生世何似　弱草棲塵
無裨於眾　有負於親
喪葬從薄　禮教宜遵
勿沿陋習　勿建良因（註）
敬恭執事　勤儉立身
讀書稽古　積德纍仁
能依吾語　光耀門庭
有違不信　非我子孫

為善最樂，讀書便佳，此老父所熟聞也；
厚葬非古，背死不孝，願兒曹其敬戒之。

湞濱贅叟遺囑」

（註）：良因，是指請道士念經。

在我的家鄉，誰都知道，父親是個有名的孝子，祖母只生他一個；祖父無疾而終後，父親為了安慰祖母，寒暑假由縣立中學回來之後，每日不離祖母左右，他要我們兄妹多陪祖母玩，講故事給她聽，假若有一天，祖母飯吃少了一點，或者精神欠佳，不言不笑，父親就著急起來，深怕祖母生病。他常常把老萊子七十歲，戲綵娛親的故事講給我們聽，當時我們嫌父親孝順過火，以爲晨昏定省太麻煩，現在想來父母生我育我，日夜操心；長大了，望子成龍，望女成鳳，他們活着是爲了兒女，親恩深似海，高如山，爲人子者，怎能不孝敬呢？

可是，沒有結過婚，生過兒女的人，是不懂得報父母恩的，因爲他們有了孩子，才知道撫養嬰兒成長，不知道要經過多少艱難辛苦；特別在孩子斷奶和生病的時候，雙親的操心和憂慮，眞是非筆墨所能形容。我是個罪孽深重的人，是個不孝女，曾經爲了出外求學和爭取婚姻自由，使父母痛斷肝腸，雖然後來兩位老人家都寬恕我了，既往不咎；可是我的心裏總覺得對不起他們，永遠有遺憾，永遠是個眞正「有負於親」的罪人，父親遺囑中的第一至第四句話，彷彿是替我寫的。

* * *

在我家的大門上，掛着一塊「進士」的匾額，樓上的大木箱內，放着父親的朝服、帽子，我最喜歡玩那帽子上面的紅頂子，好幾次我要拿下來玩，都被母親阻止了。

「這件衣服和帽子，要傳給後代子孫的，讓他們都知道你父親是個有名望的人，要好好努力讀書，像你父親一樣的有成就。」

每逢母親這樣說時，父親一定以微笑的口吻說：

「老太太，時代不同了，這些老古董，代表封建時代的產物，你保留它有什麼意思呢？」

「不保留，難道把它丟了？燒了？」

母親很生氣地問。

「不是要你馬上燒了、丟了的問題；而是要你不要把這些老古董，看得太寶貝了，給孩子們玩玩，不是很好嗎？」

「我不讓他們玩，像你一樣，早就把孩子慣壞了！」

嚴父慈母之說，在我家是行不通的，父親除了教書嚴格而外，平時對於兒女是很放任的；母親剛好相反，她老人家對於我們五兄妹，管教很嚴，什麼都要聽她的，包括終身大事——婚姻在內。

父母常爲思想不同而爭吵；可是最後總是父親屈服，頂多他只說一句：

「好，好！你對！我不管了，一切由你去處理吧。」

等到我們五個人的婚姻，都在痛苦中掙扎的時侯，母親並非不後悔；但她的個性太強，決不承認錯，這時父親就會安慰她：

「我早已說過，兒孫自有兒孫福，如今時代不同了，還是少管他們的事，讓他們去自由吧！搞壞了，他們自己去負責，你不必難過了。」

* * *

提到自由，父親的思想，是最適合時代潮流的，二哥在山西大學寄回的新共和雜誌，上面的文章，他幾乎每篇都看；民國十五年，二哥三哥和我都直接參加北伐，我那時害怕父母反對，不敢讓他們知道，每次從軍校寫了信寄給長沙的同學，請她們代爲投郵，後來父親看了我的「從軍日記」，滿口稱讚：

「好極了！好極了！希望你將來好好努力，繼承我的衣缽。」

最難得的是：父親寫給我們的信，好像寫給朋友的信一樣，非常客氣，從來沒有一句嚴厲的教訓話，字裏行間，充滿了慈愛和勉勵。他老人家滿八十大壽時，我不能回去，非但不責備我；而且勸我不要因此而難過。在縣城，有很多學生、同事，爲他祝壽；回到家，又熱鬧了一場；其實，他是最不喜歡熱鬧的，從遺囑上，也可以看出他的性格：淡泊於名利，視富貴如浮雲，每天只要吃清茶淡飯，一卷在手，便感覺是羲皇上人，自有無窮的樂趣。

* * *

回憶起來，這眞是一件不可思議的事，難道世間眞有所謂心電感應嗎？當父親病危的那兩三天，我在西安行坐不安，白天不思飲食，夜間整晚失眠。我住在香米園，後面不遠，有一座公墓，那幾天，我每日都去那裏徘徊，奇怪得很，看見坟墓，我就舒服，一回到家，就難過極了，我怎麼也想不出這是什麼原因。有天晚上，我把這種怪情緒告訴達明，我說：「也許我不久於人世了，爲什麼愛上了墓地呢？」

「你一定是文章寫多了，所以才有這種現象，趕快休息吧，不要再寫了。」他回答我。

其實那幾天，我的心亂如麻，有時煩得要死；有時痛苦得像有利箭和快刀在刺我的心，割我的肉，我恨不得立刻死去，也不顧丈夫孩子了，可能因爲父親是吃了我送給他的華山參而病危的，所以上天在處罰我，使我受罪難過得活不下去。

這樣的苦日子，繼續了三天三夜，郭媽也覺得奇怪極了，爲什麼我天天跑去公墓那裏消磨時間，一坐就是三四個鐘頭，不喝一滴水，也不覺得口渴。

三天後的一個深夜，突然響起了一陣緊急的打門聲：「電報！電報！」

我聽到了，趕快爬起來；不料達明的動作比我更快，他已經去開門了。

奇怪，收了電報，怎麼不見他回來呢？原來他到傑弟房間去了。

「是我的電報，快拿給我看！」

達明進來，我毫不客氣地對他說。

「不是你的，是弟弟的電報。」

「不！一定是我的，快去拿來！」

「要是你的，我早就拿來了；弟弟的電報，爲什麼要給你看呢？」他幾乎在咆哮。

「不！一定是我的；可能爸爸已經……」

我沒有說出來；可是心裏早就有預感，最親愛的父親，已經和我們永別了！

達明經不起我的哭鬧，他只好跑去傑弟那裏把電報拿給我看。

「父病逝。」天呀！這三個字比炸彈還可怕，我已經痛哭得暈過去了，從此我成了無父無母的孤兒，兩老的養育深恩，我還沒有開始報答，如今完了！

在西安，舉行追悼會後，在焚化紙屋和冥錢的時候，我眞想跳進熊熊的火焰中隨着父親到西天去，永遠不再離開他。

* * *

今天，在浩浩蕩蕩的太平洋上，我把父親的信和詩又重讀了一遍；還有大哥、三哥給我的信；以及三嫂手抄的父親遺囑，我的眼淚染濕了他們的信紙。父親和母親的影子在我的眼前晃動，兩老已橫渡太平洋來到我身還，我無法寫下去了……

六十年八月二十九完稿於復旦輪

偉大的母親

不知是否因爲母親太胖而又愛喝酒的緣故，她突然中風了！患着半身不遂的癱疾，非常感覺痛苦。我一連回家探視兩次，看見母親越來越瘦了，眼珠突出，顴角高聳，整天躺在床上，含着兩眶眼淚，哀怨地望着環侍在她身邊的兒媳嘆息。

「兒呀！你太像我了，我的個性完全遺傳給你一個人了！」

有一天晚上，我起來倒茶給母親喝，她突然這樣微笑地對我說。

細細地一想，眞的，我的性格太像母親了。她有鋼鐵一般的意志，凡是她決心要做的事情，一定要使它實現；卽使經過無數的阻礙、困難，或者遭我父親的反對，她也要做下去；如果萬一這件事失敗了，她也絕不懊喪、絕不悔恨。

「錯了就算了，懊惱也沒用，得了一個教訓，以後不再錯就是！」

這是母親常說的一句話。

她生來就具有英雄一般的性格，痛恨「強凌弱，眾暴寡」，好打抱不平，動不動就搬出道理來講。她雖然生長在封建時代，但並不承認女子是弱者，一定要依賴男人才能生存。外祖母沒有兒子，只有三個女兒，她是長女，外祖母擺小攤賣豆腐的時候，十歲的小姑娘，就當起掌櫃來了。

後來外祖母的眼睛，突然病瞎了，母親本想一生不出嫁，用她的勞力來養活父母；誰知外祖父終於把她嫁給一個比她大十三歲，中了舉的老爺——我的父親——做窮太太了。

母親自從十六歲來到我家後，每天早晨從鷄啼頭遍就起床，一直勞作到三更過了才入睡。整整地四十四年了，她天天過着這樣的日子，從來沒有覺得自己的生活是艱苦的、勞碌的。她認爲人生在世，不做事，是不應該吃飯的。她不願意休息，也許從來就沒有夢想過休息。鄉下的工作，她除了因爲三寸金蓮的限制，沒有下過田插秧外，其餘如：鋤土、採茶、拔猪草、挑水、舂米……甚麼苦工她都做過。母親生我們兄妹五人，所有衣服鞋襪，都是雙手做成的。今年六十歲了，她還自己洗衣服、煮飯菜，全家除了用一個長工外，她不許媳婦們僱老媽子、養丫頭。她是那樣地節儉，那樣地刻苦自己，連一個鹽蛋也捨不得吃，十年前的破鞋子，還在補着穿；然而，對待別人，她卻特別寬大，貧苦的人家，借了錢米不要他還，遇着旱災水禍的時候，她不但不向佃農索租穀，而且她還要借了糧米來周濟他們；如果正在吃飯的時候，見到拖兒背女的乞婦來了，連忙把自己碗裏的飯，倒給她們吃；若是遇到乞丐是一個壯丁，她就毫不客氣地罵一聲：

「有力氣不去做工，餓死也活該！」

以前，我對母親的觀察是錯誤的，我總以爲她的思想太舊、太固執，經過去年兩次回家的結果，雖然和她相處只有短短的二十天，可是對她有比以前更深的了解。

母親愛丈夫、愛兒女，也愛國家。徵收航空救國捐的來到鄉村，母親不但慷慨解囊，她還領了收捐的人挨家挨戶地宣傳：

「凡是中國人，都應該踴躍捐輸，要把敵人打倒了，大家才能安居樂業。」

「求人不如求己。」這是母親的信條，也是她時時拿來教訓後輩的格言。根據她的思想，家庭裏減少一個寄生蟲，就是增加社會一份幸福。

母親是慈愛的、能幹的，凡是和她相處過的鄰居，都覺得她是一位崇高的、偉大的女性。我有個這樣像孟母一樣的好母親，實在太幸福了！

鵠磯憶語

贊篁

昔人已騎黃鶴去，此地空餘黃鶴樓，
黃鶴一去不復返，白雲千載空悠悠！

——崔灝黃鶴樓詩——

抗戰勝利後來到武漢的一個月間，這已是第三次遊黃鶴樓了！

「黃鶴樓」，這富有歷史性的勝蹟，富有文學意味的名詞，是多麼地引人入勝！可是我，是最怕登臨此地的；每次來遊，總是拖着沉重的步子一級一級地徐徐踏上，內心總不免淒涼寂寞，有「青衫掩淚再來看」之感。雖然這次是和冰妹伊弟同來，帶着兩位外甥，不時逗着小孩嘻笑；然而外表的粉飾，終究掩不住我內心的悲哀！

往事追懷，歷歷如在目前一樣：

是民國八年的初秋，我由故鄉新化趕來投考國立武昌高等師範；不幸，旅途障礙，遲到一天，該校已經考過了，在這時期，不花錢而能求比較高深的學問的，就只有四個國立師範

——北京、南京、武昌、廣州四個高師，學膳書籍制服都是由學校供給——所以每次招生，沒有補考的機會；我既然遲到一天，就只有望洋興歎，悵恨無已；因爲那時的家境，決不容許有兄弟兩人同時就讀大學的經濟負擔，這時二哥正在中華大學唸書，住在糧道街的一家鴻儒客棧，知道我心中的苦悶，便每天於課餘之暇，陪着我遊黃鶴樓，覽江漢之滔滔，望晴川之歷歷，指點大別山光，鸚洲草色，背誦古人詩句，以遣餘懷。每於暮色蒼茫之中，緣蛇山頂上，繞抱冰室，閱馬廠，而返室自修。這樣，很愉快地過了幾天，二哥依依不捨地送我到黃鵠磯頭，他爲了怕耽誤上課的時間，折返學校，我便一個人獨自搭輪返湘了。

「有志竟成」，在翌年的秋季，我畢竟進入了武昌高師的門牆；可是二哥這時已轉入國立山西大學，他來信祝賀我成功，鼓勵我上進。過了些時候，我們便開始討論學術問題、社會問題，以二哥之析疑解難，循循善誘，使我受益良多，進步很快。我每和朋友散步蛇山，或黃鶴樓的時候，便深深地懷念我的二哥。

在我所接觸的士人當中，像二哥的天才與德性是很少見的。他由舊制中學到大學的本科畢業，從來不出前二名，每期都是免費，不僅國文很好，英、德文都好；不僅哲學造詣很深，詩詞亦擅臻勝。這裏我記下他的一首「太原除夕懷兄弟」的古詩：

「除夕沉沉夜已深，滿城喧豗爆竹音，夢中驚覺黯無覩，萬里懷人離別苦，明朝又復到新年，兄弟三人猶未聚。未聚何為重自傷，一年難得月同堂，風雨聯牀懸宿約，壎篪叫韻愛瓊章。在家不覺同居好，別來思念心如擣！佳節茱萸異地身，江南春夢池塘草！他人巧笑徒便便，兄弟無言默已傳；他人滿臉應酬氣，兄弟情眞意更摯；況我兄弟皆不凡，千載遇合聯衾衫。吾兄良驥稱幹棟，春風灑灑冰解凍；吾弟驊騮正從容，天然出水碧芙蓉，同德同心勿懈怠，愚公移山川學海。魯陽衛國待揮戈，老萊娛親尙戲綵。勉圖樹立育良才，荏苒流光去不回，嗟予作此誌孔懷，後園棠棣應早開。」

他在中大、西大都是主編校刊，創辦新共和雜誌，溝通中外文化，討論社會問題，對學術界的貢獻很大。畢業後，執教山西太原進山中學，兼省府編譯，旋以梁漱溟先生之約，主講曹州高中，極為熊十力、梁漱溟諸先生所推重，著有「哲學概論」、「人生哲學」等書。性至孝，曾考取留學，以父母不同意而止。歸里省親，道經漢上，我與劉晉忠、曹贊華兩君陪遊黃鶴樓，於顯眞樓共攝一影，二哥題名「鵠磯偶集」，現在這張像片我還珍藏着哩。

民十四年，我在湖南一師、明德、嶽雲等校任課，約二哥回湘，以便朝夕晤聚；他於十五年一月欣然地來到長沙，主講一師、明德；可是因為用思過度，不到半月，便吐血了；幸廊冰妹細心看護，醫藥調養得宜，在嶽麓山峴濤亭休養數月，漸告痊愈。誰知恢復健康之後，二哥思想突然轉變，決心參加國民革命工作；恰好這時北伐進展，陳眞如部克復武昌，陳先生是梁漱溟、熊十力先生的好友，他的左右如黃良庸、王平叔諸君都是二哥在曹州高中的同事，就把他也拉入了鐵軍，擔任武漢衞戍司令部和四軍政治部的秘書，工作精神至爲興奮；在這時候冰妹亦再度考入了黃埔軍校武漢分校（她第一次以鳴岡的學名考取，因代表同學有所請求被開缺，第二次始以筆名冰瑩重新考入。），只有我仍留在長沙擔任文化教育工作，每次接着二哥和冰妹來信，都是熱烈的、愉快的，充滿革命的情緒。在十六年的二月裏，我特地跑去看他們，替冰妹請了一小時的假，在糧道街喫了一碗炒麵，在抱冰堂看了一下剛欲着苞的碧桃；在黃鶴樓拍了一張三人的武裝合照，大家快樂得甚麼似的！唉！誰知這一聚晤，就成爲我與二哥的永訣，這一張像片成了永遠的紀念品呵！就在這時期不久之後，寧漢分裂，陳先生離開武漢，就任南京總政治部主任，二哥以友誼的關係，偕往擔任秘書，繼又被派主持四十四軍的政治工作，隨軍北伐，轉戰淮肥徐海一帶，溽暑長征，積勞成疾，而咯血病復發了。

二哥的責任心是很重的，在吐血期間，還繼續不斷地批閱公文，撰擬宣傳稿；他的操守很是廉潔的，在公費領不來的時候，曾將他的薪俸來公開使用；同時他的情感是很深厚誠摯的，在他病中的日記裏面，寫有這樣關於我的一頁：

「晨起咳血稍好，憶今日爲吾三弟生日，採得鷄冠花數片，欲以寄之，作詩一首：

採得鷄冠花，欲寄與三弟，三弟在楚南，遠隔三千里，遙遙一片心，寄與花中了。

採得鷄冠花，欲寄與三弟，人若此花紅，更比此花美；熱血正沸騰，灑遍三江水。」

這時寧漢裂痕日深，東征西討，交通斷絕，郵信不通；某一個晚上，突然接到冰妹一封慷慨激昂的信，說她們女生隊將奉令出發，深以戰死沙場爲榮，我那時正懷念二哥，而冰妹又將遠別，遂將她的信加上幾句按語交排字房後，立刻跳上了開往武昌的夜快車（這封信後來收在從軍日記裏面。）。

第二天，我到達女生隊的會客室時，冰妹很驚奇我來的神速，別的同學也暗羨她有這麼一位關懷的親屬趕來送行；可是我們彼此互問二哥的情形，都是渺無音信，不禁悽然隕涕！在寧漢相持中，北伐工作幾告停頓，津浦線的孫（傳芳）張（宗昌）部隊乘機反攻，偷渡長江，首都爲之震動；幸龍潭一役，轉敗爲勝。受了這次教訓，加以清黨主張一致，雙方言歸於好，這時冰妹已回到家中，而二哥則正在南京養病。

是秋節後的一天，二哥來了一封快信，概略地報告他的工作經過，和現在龍蟠里養病的情形，要我轉稟父母，不要懸念。我讀了之後，欣然如獲至寶，因爲數月來才得到這第一封信；而且字跡清秀，不像病重似的，但末尾有幾句話是：「麓山秋景，徒縈夢想，長天西望，我勞如何。」當時好友易希文兄看了笑道：「贊堯的信，總是這麼富有詩意的。」然而我心裏卻感到一種沉重的難過，又誰知這兩句話，竟成了不幸的讖語呢！

過了十天，恰恰是大哥的生日，我爲他備辦酒肴，準備下課後暢飲，不意剛上完第一節課，傳達送來兩封電報，情知不好，急忙譯出一看，文曰：「堯兄病重，速來！」我那時淚眼模糊，再沒有勇氣翻第二個，經曹贊華兄代爲譯出，他不知不覺地發出了「唉」的嘆聲，我顫抖地接過一看，「堯兄病故，速來！」六個大字赫然呈現，完了！一切都完了！晴天霹靂將我擊得昏昏沉沉，曹、易兩兄也陪着滴了不少的眼淚。

在當天下午，我踏上了駛往漢口的輪船，當我望到黃鶴樓時，引起過去的回憶，心緒悽愴，很想跳入江中，追隨二哥於泉下……。

到了漢口，我迅速轉船，直抵白下，找着二哥的朋友，在關岳廟中拜奠了靈柩，在蔡花園泣讀了遺書，那未完的絕筆，特別使我傷心，永遠使我思索。

「三弟手足：吾兄弟何意從此永訣耶？鳥之將死，其鳴也哀；人之將死，其言也善；況吾兄弟以手足之情兼師友之誼，今當永訣，安能不以吾志述事期於吾弟，而徒效兒女子涕泣耶？吾博學多通，年來經驗稍富，正思爲國家効勞；而立志不凡，性情高潔；尤差堪自信者，願吾弟則之法之，認清人生之價值，做一頂天立地之完人，而勿沉淪於物欲中也，茲所約者，共有三端：

一、努力實現三民主義，三民主義爲救中國之唯一主義，溯自『五四』運動以來，各種主義蠭起，如無政府主義、共產主義、國家主義、工團主義、基爾特社會主義，乃至江亢虎之社會民主主義……。」

這是多麼從容的態度，多麼偉大的遺言，多麼誠摯的啟示，當我默念他的遺書的時候，模糊的淚眼彷彿看見二哥魁偉的容貌、瀟灑的風度、懇摯的心情，毫無半點疲病虛弱的氣象；可是，天哪！爲什麼對我這麼殘酷？爲什麼不讓他寫完呢？在第一端的下文，我知道是對各種主義的批評，對三民主義的實踐；但其餘兩端，究竟是什麼呢？

二哥！我知道了！我在你的靈前曾經這樣地跪禱過，假使我設想不錯，你應當給我以勇氣來實行，假使我設想錯了，你應當在夢中來糾正，大概是不會怎樣錯的吧？

二哥，你是很孝順父母的，很疼愛冰妹的，你的早死是深引爲遺憾，所以第二點，一定要我繼續你的遺志，孝於雙親，友於兄妹吧；同時，我們兄弟眞所謂「以手足之情兼師友之誼。」你常是殷殷勗勉，循循誘導，希望我在學術上有所成功，在著述上有所表現，熊先生亦嘗以此爲言，這當是你所約繼述的第三件吧！

二哥！我是遵照你的話做的，在運回你的靈柩之後，我便參加北伐了；只是這十八年來檢討我的一切，我眞愧憾，我沒有完成你千分之一的希望呵！德不加修，學不加長，無補於國，有愧於親，這便是我最切實的供狀；可是對你約定的第一點，我始終是篤信力行，未嘗一日殞越；而想像的第二點呢？二哥，你該知道，母親於二十六年春季逝世，父親亦於三十一年秋季棄養；父你是最能孝順的，所以先驅狐狸於地下，現在該是融融洩洩，相聚一堂；只是我與冰妹長爲無父無母之人了！

「死去原知萬事空，但悲不見九州同；王師北定中原日，家祭無忘告乃翁！」二哥，父親與你都是有這種觀念的。你之死，北伐還沒有完成，母親之死，正當抗戰醞釀的時候，父親之死，則正在抗戰緊張的當中，大家只知道父親是理學家，是著作家，而不知他是多麼前進，多麼愛國：他鼓勵我和冰妹直上沙場，他做着「討倭寇檄」文和許多讚詠抗戰的詩句。所以我在去年敵寇投降，同時是我三年服滿之際，特地祭告父母，以慰在天之靈，二哥想當陪同一笑吧！

我現在懷着一顆希望之心，重來武漢工作，唉！漢上琴臺，知音何在？雪泥鴻爪，感慨徒滋！黃鶴杳然，大江東去，西風颯颯，白雲悠悠。我還是實行二哥所約的第三項，回到家鄉，整理父親和你的遺著，精讀那幾萬卷藏書，或可稍減我的苦痛，以贖我的罪愆呵！……

孫老太太

我沿着一條種滿了菊花的小徑走去，裏面是一片廣場，綠茸茸的草地上，點綴着一些小小的白花；再進去，在兩棵大扶桑花的前面，有一扇拱門，上面有「洞天佛地」四個字。——這一定是孫伯母住的地方，我心裏想。

我敲了幾下門，一個六十左右的老太太出來了。

「老太太，請問孫老太太是住在這裏嗎？」我向她行了個九十度的鞠躬禮。

「是的，她就住在裏面，您找她有什麼事嗎？」

「是的，我特地來看她，不知道現在方不方便？」

「她在睡午覺；不過我可以叫醒她的。」

「不要！不要！」我連忙制止她。「老人家睡覺，是不能叫的，我到外面再走一走，看看花再來。」

「也好，」老太太說：「這些花，都是我和孫老太太種的，你看好不好？」

「啊！是你們兩人種的？太美了！太美了！怪不得您的身體這麼健康，一定因爲運動的關係。」

「是的，人一到過了五十，就應該吃素，多做戶外運動了；要不然得了什麼糖尿病、心臟病、高血壓之類的病才痲煩呢！」

正在我們談話的時候，沒想到孫老太太悄悄地來到我們面前了。

「大嫂！你是什麼風吹來的？好多年不見了！你們全家都好嗎？」

「好！很好！很好！謝謝您，伯母，今天我特地來看您，這地方不容易找，眞是個世外桃源，人間樂土。」

「可不是嗎？自從我來到這裏，天天過着無憂無慮的生活，沒有絲毫煩惱痛苦，每天種種花，睡睡覺，唸唸經，看看佛經故事，一天便很容易打發過去了。」

「我有許多問題，想請教伯母，不知道您肯不肯告訴我？」

「當然肯，你問吧。」

孫老太太很爽快地回答我。

「請問：您住到這裏來，是誰叫您來的呢？有什麼特殊的關係嗎？」

「不是什麼人叫我來的，更沒有什麼特殊的關係。當有一天，我完全像做了一場夢，醒來就躺在這裏的床上，第二天一大早，我就起來整理花園了。」

「您知道這是什麼一回事嗎？那麼多親友懷念您，爲什麼不回家去呢？」

我問孫老太太。

「回家！這裏才是我眞正的家，這是極樂世界，普通人還不能來呢！你告訴她們：我在這裏太好了，生活過得很舒服，日子像飛一般那麼快，我不去計算它，也不知道來到這裏有多久了！」

正在我傾聽孫老太太說話的時候，忽然一陣鐘聲響了，眼前一陣模糊，彷彿有一陣薄薄的白霧，籠罩着四週。

我醒來了，原來這是南柯一夢。

說起這位孫老太太來，的確是菩薩的化身，她去世已經十多年了，當她患着很重的胃癌，躺在鐵路醫院的時候，我曾經去看過她幾次，她沒有兒子，只有兩個女兒；孫二小姐是鐵路醫院有名的婦產科醫師，她告訴我：

「眞是奇怪，普通一般情形，患癌症的人，是很痛苦的，有些竟痛得從床上滾下來；可是我媽患了這不治之症，一點也不覺痛；而且她的頭腦清楚極了，在她快去世的前幾天，她就知道什麼時候她要去了。她說：『替我把身子抹洗乾淨，換上衣服，我快要去了，你們千萬不要哭哭啼啼的使我難過；要知道我並沒死；而是到另一個極樂世界去生活。我死之後，你們只要替我念觀世音菩薩就行。』媽這樣說時，我的眼淚只好往肚裏吞。」

我將信將疑地聽着，孫二小姐又告訴我：

「最奇怪的是：我們樓上斜對門有一個病小孩死了，誰也沒有告訴她，不知道她是怎麼知道的，她說：『那邊屋裏剛剛死了一個小孩，你們趕快去買點冥紙燒給他，那孩子太可憐了！』更奇怪的是：她老人家臨終的時候，已經斷了氣，又睜開眼睛來說道：『怎麼那邊的門鎖上了，我不能下去。』原來太平間在樓下，我們還沒有開鎖，她老人家一切都知道，神智那麼清醒。」

孫老太太去世之後，她的二小姐和女婿原來是佛教徒，如今信佛更虔誠了，她們相信老太太在極樂世界過得很愉快，她們把佛堂佈置得比老太太在世時還要莊嚴、堂皇；可惜的是她的大小姐和女婿，因爲信基督入了迷，連老太太去世了，也不對媽的遺像叩頭、燒香，佛堂連門檻都不跨進去。

「這是沒有辦法的事，我們不能勉強她們信佛教；但是我媽辛辛苦苦地一手撫養大的女兒，竟這麼固執地不拜她，反對佛教，這是使我最傷心的事。」

孫二小姐深深地嘆了一聲。

爲了大家都在忙，我和孫小姐她們姐妹，也有幾年不見面了，是我到慧日講堂講演的那天下午，因爲經過孫老太太的房子，特別懷念她，所以才做了一個那樣的夢。

孫伯母：我祝福您在極樂世界永遠愉快、安寧。

摘自「佛教文摘」（「海潮音」原載）

阿婆

六年前的春天，我對面的隣居房間裏，出現了一個年紀大約五十多歲的老太婆，主人的太太在醫院生產，一天到晚只看到這位老太婆在看守房子；可是一到晚上八九點鐘的時候，男主人一回家，她的影子便不見了。

「你家的那位老太婆是你的什麼人？她一天到晚工作，不出去，也不休息。」

有天我問潘先生，他很得意地回答我：

「人家都說臺灣下女難雇，我這位阿婆可太好了！她不聲不響，一天到晚做個不休；不過脾氣有點兒別扭，個性很強，一不順她的意，她就提出『我不幹了！』來要挾你。」

「大凡一個有特別能力的人，總有幾分脾氣的，她的長處是什麼呢？」

「長處可多着呢！最主要的是她靠得住。我每天出門，太太躺在醫院裏，大孩子交給她，不用你吩咐，她帶得比我們自己還細心。」

「要是我能得到她就好了。」

不怕潘先生聽了不高興，我居然這樣說出口來了。

對方只是笑了一笑。從此阿婆便在我的腦海裏留下深刻的印象。

＊　＊　＊

大約是兩個月以後吧，潘先生另有高就，他離開這個宿舍了，臨走時，他把阿婆介紹給我，因他搬的地方離阿婆的家太遠，她不願意再幫潘家，我眞有說不出的高興，阿婆居然到我家來了！

「太太，我不會講中國話，只會講臺灣話，我怕做不好。」

這是阿婆來到我家，正式和我談的幾句話。

一聽「中國話」三個字，我笑了，我知道她所謂中國話，就是「國語」的意思。

「嘸要緊。」我用生硬的臺灣話回答她，她也笑了。

「你嘸要緊，哇要緊哪。」

於是在兩人的笑聲中，她走進厨房開始洗碗的工作了。

「試工的結果怎麼樣？她倒有點像北平的孟嫣，不說話，頗有埋頭苦幹的精神。」

晚上，達明很高興地對我說。

「做事倒不錯；只是她無論如何也不肯炒菜，非得我自己動手不可！還有一個問題，也是值得我們考慮的：她不能整天在這裏，下午一點到四點，她要回家料理私事；晚上也不能住在這裏，因爲她家裏，還有一個七歲的小孩。」

「七歲的小孩？怎麼回事？她那麼大年紀了！」

「也許是她的孫子吧？我因爲言語不通，不好意思多問。」

我們雖然感覺阿婆這種上班制度不太妥當；但爲了她的忠誠可靠，愛好清潔，不糟蹋一粒米、一口菜，我們仍然樂於用她。

日子過得很快，屈指一算，阿婆來到我家已有六年多了，其中曾有兩次發生變化：一次她請假回家；一次我另外找到了一個小姑娘，三個月之後，我又十顧茅廬地找回了阿婆。

「唉！太太，我太老了，什麼也不能做，你和先生又是整天這麼忙，我看你還是另找一個人吧，我要回家了！」

像這樣的話，我已經不知道聽過多少次了。

「阿婆，你看見我這麼忙，好意思回家嗎？你要我另外找人，假使她把我的東西偷走了怎麼辦呢？」

「是呀！我就害怕別人靠不住，這年頭，是不能丟東西的，那怕是一件舊衣服失掉了，也不方便呀！」

阿婆的好處就在這裏：她把我們的家，當作是她自己的家；她有同情心，有責任感；可是也有她的老脾氣。也許因爲年紀大的緣故吧？她不大接受人家的意見；假若我們做的事，違背了她的意志，她馬上表示出不高興來，不笑也不說話，她的記憶力很差，常常買菜的時候，忘記了帶葱薑回來，買了葱，又忽然記起了還缺少給小鴿子吃的綠豆。

「太太，鴿子養着幹什麼？一個月才生兩個蛋，花錢太多了；爲什麼不養雞呢？」

每次當她洗完了鴿子籠的時候，總是這樣埋怨我。

「阿婆，我知道你不高興洗鴿子屋，也就心牠們綠豆吃得太多了，好，以後少養幾隻吧，省得麻煩你。」

我這樣回答她，她不好意思地笑了。

儘管她對於鴿子不怎麼發生興趣；可是當她發現小鴿子從小小的蛋殼裏掙扎出來的時候她會高興地跑來告訴我：

「太太，小鴿子出來了，眞好玩；我要多餵點青菜給牠們吃。」

阿婆有一付天生的慈悲心腸，一隻小貓死了，她也會流眼淚；小狗病了，她生怕牠不會好，也像我一樣，一會兒看看牠，一會兒又拿點東西給牠吃。她只有一個兒子，已經二十多歲了，還天天念着他。去年他在新竹受四個月的軍事訓練，阿婆每月要帶吃的東西和錢去，生怕委屈了他，直到兒子回來了，滿面紅光，她才很愉快地對我說：

「太太，當兵眞好，我的兒子比以前胖多了，也結實多了！」

說起來，阿婆眞是一個苦命人！三十多歲的時候死了丈夫，她一個人辛辛苦苦地撫養大了兒子和養女；後來養女出嫁了，又抱了一個養孫女，今年還只有十一歲，快在高小畢業了。

「我從日本時代就幫人做工，一直到今天還不得休息，我是一個苦命人，要等到死了才能什麼都不做，那時候，我才眞的快樂哩！」

每次聽到她這樣的話，我的心總爲她感到一種淡淡的悲傷。

「太太，一個人眞艱苦呵！天天忙，天天爲了吃，究竟有什麼意思呢？」

遇到這種場合，我總是拿自己和她比較，我把自己的忙和苦告訴她，她也像很同情我似的說：

「你也和我一樣艱苦，你眞可憐呵！」

於是我們相視微微地一笑，不再發牢騷，各人只管默默地去做自己的工作去了。

孟媽

六年來，在臺灣沒有找到一個理想的下女，使我每天都想念起我那忠實可靠、做事認眞、熱情嚴肅的孟媽來。

三十五年的冬天，我們一家由漢口遷居北平，還沒有動身的前一星期，我寫了一封信託同鄉寶淑替我找一個好老媽，我把家庭幸福的一半希望，寄託在女佣人的身上。抗戰期間在成都，我受佣人的氣實在太多了，很想到北平，好好地把家安定下來。

下了車，走進寶淑的門，她第一句話便告訴我：「大姐，您的運氣太好了，從前給我妹妹餵奶的那個老孟媽，剛從上海回來了，您的信到時，恰好她住在我家裏，我把您要僱一個女佣人的話告訴她，第二天，她就回到鄉下去了，答應只等您到，我捎個信去，她馬上就來。」

我不知道應該用什麼字才能形容我當時的快樂，只記得我們兩人的丈夫，都站在一旁哈哈大笑：他們笑我們女人眞沒有出息，一見面不敍離情，倒談起老媽子來，其實他們又那裏知道：一個結了婚，有了幾個孩子的女人，能得個好幫手，等於嫁了一個好丈夫。

果然，我到北平的第五天，孟媽眞的從鄉下趕來了。矮矮的個子，又大又胖，一雙三寸金蓮，走起路來，全身的肌肉都在顫動，看樣子是很吃力的。老年人特別怕冷，她穿着一身臃腫不堪的黑棉衣棉褲，褲腳管是用黑色的布帶紮着的；頭髮已經半白了，眼睛也花了，門牙脫落得只剩四個，說起話來，舌頭在齒縫裏一跳一跳的，使人看了，感到一種說不出的難過。

這樣一個小腳老太婆，她能做什麼呢？我心裏想着，她卻在開始掃地了，那是剛才孩子們撕破的一堆紙屑。

「大姐，您眞好福氣，一來，就找到了孟媽，她是我家的老佣人，又忠實、又俐落，您可以把整個的家交給她，什麼也不用管，到時候，只管上桌子吃飯就是。」

寶淑說着，飛給我一個似羨慕，又似妬嫉的微笑。孟媽不等我向介紹人道謝，連忙接着說：

「我從上海回來，本想休息不幹了，我的年紀太大，不中用了；可是劉太太把您的來信唸給我聽，她說您是個大好人，要我幫您做一個時期；也許是有緣吧？我接到了劉太太的信一夜沒有睡好，不來，好像對不住您和劉太太；來吧，又害怕幫不了忙，反而誤了您的事，好在北平能幹人很多，我試做幾天看看吧！做不好，您再換一個就是了。」

「孟媽，你太客氣了，劉太太已經把你的好處，早就告訴我了。我眞好福氣，能夠請到你幫忙，從此你不必客氣，我的家，就是你的家，我希望你再不要想到別的地方去，有什麼困難時儘管對我說好了。」

我的意思是要她不嫌我家待遇低微，而想另謀高就，她很聰明，立刻回答我：

「太太，您放心，我孟媽不是那種雀兒專揀旺處飛的人，只要太太看得起我，把我當自己人看待，不嫌我做的壞，十年八年，越久我越做得高興；不過，現在我老了，恐怕做不了幾年就要……」

說到最後一句，聲音有點顫慄，寶淑看出了她的難過，連忙說：「孟媽，第一次和你太太見面，快不要說這些不吉利的話，你把屋子打掃一下，就去厨房幫着張媽做飯吧！」

那時候，我們還沒有找到房子，寄居在寶淑的北屋，和他們在一起吃飯；後來一連搬了三次家，最後遷居到府右街趙女士的別墅，才算安定下來，一住就是兩年多，直到現在，我還在留戀那所小巧玲瓏，又緊湊又實用的四合小平房。那六株年年開得鮮艷奪目的夾竹桃，和兩株甜石榴，還有那些丁香花、玉簪花、紫羅蘭，不知也都存在否？

最初一個月，也許是我和孟媽彼此之間，都摸不清對方的脾氣，所以生活得不怎樣快活，例如我喜歡告訴她買什麼菜，而她並不照我吩咐的買；有時，約了朋友來吃飯，要她多買幾樣菜，她卻把錢剩下三分之一退還我，我怪她買的太少，她卻很生氣似的回答我：「有多少人家沒有飯吃的，我們要吃得那麼好幹什麼？」

「平時吃壞一點不要緊，這是請客呀！」

我也板起一副嚴肅的臉孔回答她。

「您不用操心，到吃的時候就知道了。」

眞的，到吃的時候，桌上擺滿了大大小小的盤子，明明是一顆白菜心，她卻切成了五瓣梅花，用醬油和糖泡着，上面再撒幾顆蝦米，又脆、又香、又甜。誰也喜歡吃她做的菜，趕的餃子皮，像餛飩皮那麼薄，蒸的饅頭，像發糕似的又甜又鬆；一隻鷄，她可以做四五種吃法；一斤肉，紅燒、炒肉絲、炸小丸子、白醬肉、回鍋肉……什麼菜裏面都有肉，完全像上等館子的菜一樣，色、香、味俱全。每天我們花錢很少，卻吃得那麼好，說給朋友聽，誰都羨慕我們。不管是蘿蔔、白菜、黃豆芽、綠豆芽，她都做得使你天天吃，也不覺討厭，好像這些菜裏面，她都加了鷄鴨湯或者上等味精似的那麼鮮美。從此，我再也不敢責備她菜買的太少；而且根本不過問厨房的事，每次約朋友來我家吃飯，只告訴她人數和開飯時間，吃飯或是麵食就得了。

提到麵食，又是孟媽的拿手！光就烙餅來說吧：葱油餅、餡兒餅、薄餅、千張餅、蘿蔔絲餅、鍋餅、合餅；此外，她還會做拉麵、鍋貼……總之：她太能幹了，什麼好吃的都會做。達明有時請北大的同事來家吃便飯，他們異口同聲地說：「孟媽的菜比皇帝御厨做的還要好吃呢！」後來他們聚餐時，乾脆就在我家舉行。我看她累得常常頭痛，想下厨房幫忙；但生性倔強的她，一點也不需要別人來分勞。也許是年齡的關係，體力一年不如一年，在三十七年的春夏兩季，她一連害過兩場病：一次是中了煤毒，躺了三天；一次是從鄉下回來，一病就是七八天，這次眞把我嚇壞了。

病的起因是這樣的：五十九歲的孟媽，沒有兒子，只有一個四十歲的女兒，和一個八十一歲的老母親。祖孫三代，都是替人家做事。她是北平東鄉人，丈夫死後，就一直在北平城裏幫人，後來跟主人回到上海，正遇着抗戰，一住就是八年，她因思家心切，到三十五年的多天，她再也不願待在上海了，她討厭上海的繁華，討厭那些只認衣冠不認人的勢利眼，她最愛北平的樸素安靜，她說：「我生爲北平人，死爲北平鬼，從此再也不願離開鄉土一步了。」

經過二十多年流汗勞動的結果，她積蓄了一筆不小的財產，借給一位鄉下人，沒想到她的女兒和侄子，還有那位債主，三人聯合起來，把那筆財產瓜分了！借據原來是由女兒保管的，這次她還鄉討債，女兒突然說：「字據丟了！」這眞是晴天一聲霹靂，氣得幾乎送掉她一條老命！當她從鄉下回來的時候，怎麼也不肯說出病源來，直到我要送她去北大醫院住院治療，她才流着淚告訴我：「太太，我的病不是醫藥可以治得好的，我辛辛苦苦地賺來的幾個血汗錢，叫我的女兒和侄子坑了！太太，我這條老命，將來怎麼活下去呢？」

「孟媽，不要傷心，我會一輩子養着你，無論我們走到什麼地方，我總要帶你一塊兒去的。」

我看見她流淚，就這樣安慰她。

「太太，我不能去遠門了，我的身體一天不如一天，我沒有幾天可以活了，我請您允許我辭工，讓我回到鄉下去等死，他們沒有良心，吞下了我的錢，難道我死了也不給我料理後事嗎？」她的淚像潮湧似的越流越多了，我也陪着她滴了幾點同情之淚。

「孟媽，從此我們再也不離開北平了，你將來到了百年之後，一切後事算我的，我要把你當做我的母親一般地替你買很好的棺材，還有壽衣、壽被……。」

「壽衣、壽鞋，我都預備好了，只差一床被子；棺材，不要太好了，只要過得去就行。太太，您這麼待我好，我會在陰間保佑您的。」

就像一個臨死的人在吩咐遺囑，我實在不忍聽下去了，我強迫她喝點稀飯，要她不再說那些傷感的話；我告訴她錢是身外之物，生不帶來，死不帶去，我勸她不要再留戀那些錢財了，她回答我：「錢丟了不要緊，最使我傷心的，是我做夢也想不到人心是這麼壞的，連我的女兒也變壞了，這是個什麼世界呵？」

兩年來，我從沒有看見孟媽哭過，更沒有看見她像今天這麼傷心過，我眞不知道要怎樣安慰她才好。我把抗戰以後，人心變壞了的例子，舉了許多給她聽；過了幾天，她慢慢地想開了，照常黎明卽起，爐子生好了就去打掃院子、澆花、收拾客廳。她做事有條有理，從從容容，一點也不顯得忙亂。我早已把整個的家交給她，由她去處理。我們的薪水發下來，先把一個月的伙食費交她保管，她不識字，所有的賬都寫在她腦子裏，絕不會有錯。我從不查問她的賬，我們是那麼信任她，像信任自己一樣。我知道孟媽是個「人才」，而不是「奴才」，如果我們以奴才的眼光去看她，那是侮辱了她，同時她也不會做得長久的。她有自尊心，而且輕財仗義，不像別的佣人一樣，只希望主人月月加薪。我們不會打牌，一年到頭。她沒有一文外快收入，幾位常往來的朋友，遇到過年過節的時候，賞她幾個錢，她怎麼也不肯伸手去接，她說：「開門、關門、倒茶、敬煙是我份內的事，憑什麼要接受人家的錢呢？」

有時，我們沒有錢了，就向她借；遇到要飯的乞丐來了，如果那時她還沒吃飯，寧可自己少吃一碗，總愛周濟別人。有一次，我問她爲什麼這樣喜歡施捨？她回答我：「窮人眞可憐，誰願意出來要飯呢？我們少吃一碗不打緊，他吃了這碗飯，不知道要多麼感激呵！」

最使我難忘的，是我離開北平來臺灣的前夕，她把我和蓉兒兩人的衣服整理好了之後，忽然從厨房裏拿來五個小魚形的日本菜盤，用報紙包着，塞進我的皮箱裏。

「孟媽，你這是幹什麼？」我問她。

「這是您喜歡的幾個盤子，帶到臺灣去吧，免得一到那裏，就要上街買家具。」

「我要在學校包伙食，你不去，我自己還開什麼伙呢？」

我有意刺激她，她很抱歉地回答我：

「太太，不是我不願跟您去，實在我年紀太大，幾根老骨頭，怎麼也不願埋在異鄉異土，我一定在這兒等着太太回來，不管多少年，我總在等着。」

「萬一共產黨打到北平來，我就不回來了！」

「總有一天我們會把他打敗的，那時您不就回來了嗎？」

「那當然！不過……」

「是的，就怕我那時見不着您了！」

她又老淚縱橫地用袖子擦眼睛了。

「孟媽，不要難過，先生和湘兒他們都在這裏，說不定半年以後，我就會回來的。」

我安慰她，她一面擦眼淚，一面責備我：

「您只帶妹妹去，把弟弟留下是不對的，明天您走了，他不知道要哭成什麼樣子，您，忍心嗎？」

「沒有辦法，我一個人顧不了兩個孩子，請你多照應照應他，將來我會好好謝你的！」

這一夜，她也像我一樣完全沒有合眼。湘兒蓉兒都和她住在一間房子裏，每晚她照例起來好幾次，替孩子蓋被窩；那晚她捨不得蓉兒，我捨不得湘兒，兩人相對着流淚，整個小房子裏，充滿了別離悽慘的氣氛。

第二天，湘兒七點半就吃完了早點，背了書包去上學，我和孟媽送他大到門口，我緊緊地抱住他，在他的小嘴上、小臉上，深深地吻着，眼淚不由自主地滾下來；孩子驚奇地望着我，我假裝有灰吹進了眼睛，故意閉着，等我睜開看時，孩子已跨過了那條馬路。我呆呆地站在門口，眼淚怎麼也壓制不住，回看孟媽，她比我哭得還傷心，好像立刻就要暈倒的樣子，我連忙握着她的手，手是冰冷的；忽然，她狠狠地把手從我的手掌裏抽出來，重重地把門關上，我了解她的表情和動作，她是在責備我太殘忍、太自私。我有口難辯，只好含着淚，帶着蓉兒上天津了。

就在那年的十一月底，輝兒和湘兒隨着一位朋友從北平來臺灣，我去基隆碼頭接他們，淋着大雨，一見孩子的面我就問孟媽怎樣了？湘兒說：「我們走的那天，孟媽哭得很傷心，眼淚像今天的雨一樣」。回到家，他們從箱子裏找出來一張照片，是兄弟兩人和孟媽一塊兒照的，孟媽坐着，他們一邊站邊一個，好像是兩個小衛士。孟媽臉上的表情，似乎和那天早晨我離開北平時一樣：又恨我，又捨不得我。

三十八年一月，古老的文化城，終於被殘暴的共產黨所包圍了，達明乘了最後一架飛機從東單新闢的機場逃出來，經過了一個多月才輾轉來到臺灣，我和他見面的第一句話，又是：「孟媽留在北平怎麼辦？爲什麼不帶她出來？」

「你說得倒很容易，你不知道我是怎樣從炮聲槍聲的火網裏逃出來的！我留下了許多煤和米給孟媽，還有不少的錢。她仍然住在我們的屋子裏看家，半年之內生活決不會發生問題。唉！這位老太婆也太固執了，如果當時和你們一同來臺灣，她不至於受罪，我們也舒服了。」

達明嘆息着，我們都有一種說不出的悵惘橫在心頭。

不見孟媽快六年了，我沒有一天不在想念她；尤其當我受到臺灣下女折磨的時候，我特別想她！我後悔沒有用眼淚感動她，硬拉她來臺灣，現在只有一個遙遠的願望，那就是我們將來回到北平的時候，仍然能够找到孟媽——我那有力的幫手，一個患難相關的朋友。

卜太太的煩惱

一

卜太太從中國城回到公寓，已經一點過五分了。

一進門，便聽到她的丈夫在內室怒吼：

「你爲什麼不死在外邊！這麼晚回來作什麼？你知道我餓得多麼難受？你明明知道我不能動，如果能動，老實說，我寧可不要你這老婆，滾！你給我滾出去！」

卜太太忍受着，她沒有回答丈夫的話。已經有很多次經驗了，每逢丈夫發脾氣時，最好的辦法是沉默，忍住氣，一聲不響，那麼，對方看見她沒有反應，過些時，也就算了。

可是今天不同，卜太太看到她爲丈夫預備的包子、鳳尾魚、香蕉，都吃完了，還餓什麼呢？

「你吵什麼？隔壁住的是洋人，已經搬走兩家了，幸虧現在住的是個聾子；要不然，人家又要退租了。你不是吃了東西嗎？還餓什麼？」

「吃了東西？那是早飯，中午我等着你來做飯，你幹什麼去了？說！快說！」

「幹什麼去了？等車去了！我六十多歲了，難道還去找男朋友嗎？罵，你儘管罵吧，只要你高興，罵什麼都行，反正我視而不見，聽而不聞，我已經受你的氣四十多年了，難道現在就不能忍了嗎？」

二

卜太太是個虔誠的佛教徒，丈夫是無神論者，他過去是個奉公守法的公務員，自從六年前中風之後，得了半身不遂的病，天天躺在床上發脾氣，自尋煩惱。他能吃能睡，經過西醫的物理治療，中醫的針灸之後，已經能站起來扶着 Walker 走幾步了，卜太太經常勸他多做運動，他就是不聽。

這是一般病人的普通現象，不管是大病還是傷風咳嗽小病，性情會變得特別急躁或者消沉，懂得病人心理的人，就自然會原諒他、遷就他。

「拜什麼菩薩，都是迷信，如果眞有菩薩，他爲什麼不保佑我，使我受盡了折磨，我絕對不相信，世界上哪裏有什麼菩薩、上帝、天主……都是迷信，迷信！」

「得了！得了！你又在罵菩薩了，你知道你一開口罵就是犯罪嗎？你今生得這個病，是前生種下的惡果，今生不好好地懺悔，下決心吃齋念佛修行，下一輩子你還有得受的。」

卜太太實在忍不住了，就頂了卜先生幾句。

「住口！你眞混蛋，敢頂撞我！我得這個病，也許是你造下的孽。」

「哼！我造下的孽，爲什麼不報應在我身上？」

這時，卜先生沒有作聲，原來他又在給太太惹大麻煩了。

「我的天，你爲什麼要這麼折磨我，昨天的髒衣服我還沒有洗，爲什麼今天又不叫我拿便盆，你要把大便弄在床上，唉！你難道聞不到臭味嗎？」

卜太太大聲罵着，對方一句話也不說，他只呆呆地望着妻子，卜太太無可奈何地拿一大把草紙來擦着，用盆盛熱水來替他洗着，她一聞到那股難聞的奇臭氣，就要作嘔。爲了這，僅僅爲了這事，她曾經去芝加哥女兒家裏住了二十天，把丈夫交給次兒和媳婦看護。回來，媳婦含着淚對婆婆說：

「媽，您以後千萬別出去了，爸爸眞難侍候，他不去厠所大便，太麻煩，太骯髒了！而且爸爸的脾氣又太暴躁，動不動就罵人……」

「唉！你們才照顧他二十天，又不是整天整夜，只是早晚兩次，試想想我這做婆婆的四十多年了，如何忍過來的？」

「媽，請問您，爸爸沒有中風的時候，脾氣好不好？」

媳婦忽然冒出一個這樣新的問題。

「過去三十年前是好的，越到老年，脾氣越來越壞！他變得孤癖、頑強、專制。他等於就是家裏的皇帝，一家人都要聽從他的話，他說什麼就是命令，沒有絲毫商量的餘地，老實說，假若在三十年前是這副德性，我早就和他離婚了！」

卜太太說完又後悔失言，趕快向媳婦補充說明：

「離婚，是我氣頭上的話，其實我是想出家的。」

媳婦笑了，她連忙說：

「媽，您到芝加哥妹妹那裏去，我眞害怕您會出家。您和爸爸結婚四十多年了，可憐可憐他吧！他假如沒有您，這日子如何過下去？」

「要是我得急病死了呢？」

「媽，話不能這麼說，夫妻是前世因緣，想要逃避，也是逃不了的。」

「出家是好事，有什麼關係？」

「不錯，出家是好事，佛的最大宗旨是犧牲自我，救助別人，正像地藏菩薩說的：『我不入地獄，誰入地獄，地獄不空，誓不成佛！』媽，還是不要想出家，救一救公公吧。」

卜太太想不到兩女三男之中，還有一個這麼賢慧的二媳婦信仰佛教，懂得佛理，有孝心，有責任感，此時她的內心充滿了愉快和安慰。

三

「甄太太，我眞不想活了，我想跳金門橋。」

有一天在老人宿舍的客廳裏，忽然卜太太對甄太太這麼說。

「卜太太，千萬不要有這個念頭，你是佛教徒，怎麼可以自殺？佛教是戒殺生的，你殺了自己，到地獄去，一樣要受苦刑的；何況你如果眞的自殺，還不知要害多少人：首先別人一定以爲你的兒女媳婦不孝，你的丈夫虐待你，所以活不下去；還要駡你太沒有良心，丟下一個癱瘓不能動的丈夫，他太可憐，你太自私了！還有，你將害得多少親友爲你難過。」

卜太太沉默了一會兒，什麼也沒有說，只是熱淚滾滾而下。她太痛苦了，滿以爲甄太太會同情她，說幾句安慰話的：想不到她一開口就反對。

甄太太連忙掏出一塊潔淨的手帕，遞給卜太太擦乾淚水。

「卜太太，我了解你的痛苦，更同情你的遭遇；但我是絕對反對你有這種自殺的錯誤思想的！你要修忍辱波羅蜜，在觀世音菩薩普門品上面，有這麼幾句話：

『若多瞋恚，常念恭敬觀世音菩薩，便得離瞋』。卜先生不信佛教，沒法和他談談佛理，他的瞋恚病很重，所以容易發脾氣，對什麼都看不順眼；假若你也像他一樣，那麼你平時的聽經、念佛、持戒、放生的種種功德，都會被瞋恚之火焰燒毀了，所謂『瞋火炎炎，燒盡功德之林，能滅菩提之種』。又說：『一念瞋心起，八萬障門開。』所以你一切都要看開，看空，不可煩惱，不可動肝火，發脾氣。要知道『瞋』這個字比『貪』『痴』還要可怕，社會上多少殺人放火、打刼、爭訟，都是由貪瞋而起；最可怕的是有瞋病的人，到命終時，會墮地獄變做毒蛇、毒蟒等畜生，所以我們信佛的人，首先要消滅貪、瞋、癡。」

其實，這些理論，卜太太不是不知道，只是現實擺在眼前，她實在受苦受够了，她眞的想出家，有時又想自殺，一了百了，又痛快、又乾脆。出家？第一個反對的是丈夫，其次是兒女，他們一定會哭哭啼啼找到廟上來要她回家，要她還俗，這豈不增加出家人的痲煩？

卜太太想自殺的念頭有很久了，她向甄太太說還是第一次。甄太太極力反對。兩人對坐了二十多分鐘，什麼也不說，原來她們都閉着眼睛，在默念「南無觀世音菩薩」。

四

霧，漸漸地濃了，它像一團一團的灰色的雲聚在一堆，金門大橋被埋在霧裏，不久又散開了。

卜太太回到房間，丈夫睡得很熟，她洗手燒香之後，就打開寶靜法師的觀世音菩薩普門品講錄來讀，至「遏止瞋的方法，應修慈悲觀，慈能與樂，悲能拔苦……最好的方法，就是常常一心恭敬地念觀世音菩薩便得離瞋，如清涼風吹在炎火之上，必定會熄滅的。」

眞的，卜太太念了無數遍之後，心裏平靜、舒服多了。

李　嫂

一

像往常一樣，我從昆明街許大夫那裏看完病轉來，照例跑到公共汽車西站去乘三路回家；也許因爲今天是星期又加之下雨的緣故，乘客特別擁擠，一開始，就把車塞得滿滿的，平時最後兩個座位是比較舒服的，如今也被孩子佔滿了。

因爲沒有人下，所以車子一直開到南門市場站才停。

「請問你老人家，南門菜市是不是在這裏下車？」

突然從最前面傳來一個湖南女人的聲音，這聲音對我實在太熟悉了，完全是道地的湘鄉口音。

「是的，趕快下去！」

回答她的，彷彿也是一個女人的聲音。

——嗯，那個說話帶湘鄉口音的，簡直和李嫂的聲音一模一樣。

忽然從我的腦海裏跳出來這個記憶，我連忙把眼睛透過玻璃去注視那下車的女人。她穿着一件藍希短衫、藏青布長褲，頭髮從後面往上梳，夾着一個大黑牛骨頭做的夾子。

——是李嫂，一定是她！我站起來想去追她，車子早開了。

好像突然受到一個大的刺激，我的精神失常了！到了福州街站，我毅然地下了車，飛快跑回南門菜市。我沒看清楚方才那個下車的女人是否手裏拿着菜籃，我好像一個尋找遺落了什麼金錢寶貝的人一樣，從這個菜攤，走到那個菜攤；從這巷口進，從那巷口出來。沒有！並沒有看見那個穿藍布衣女人的影子！

——傻瓜，她從這裏下車，並不一定去買菜呀；何況她是不是李嫂，也大有問題。理智在責備我，於是我只好失望地回家。

二

屋子裏靜寂得沒有一點聲音，我躺在床上，憶起了往事：

那是民國二十年的春天，三哥和新婚不久的嫂嫂從廣州來到上海，住在法租界善鐘路，我第一次去拜訪他們的新居時看見一位前胸圍着一條白圍裙，穿着淺藍竹布衫的娘姨向我笑嘻嘻地打招呼。

「你找那一個？」

聽她說話是帶着濃重的湘鄉調子，我忽然像在異國遇到了整年不見的親友一般，感到非常愉快。

「我找謝先生，他是我的哥哥。」

「你貴姓？」

這一問，眞問得太豈有此理了；但我並不生氣，我很幽默地回答她：

「我哥哥姓謝。」

「呵！原來是謝小姐，哈哈哈！」

她自己大笑了幾聲之後，連忙向我說着對不住的話，引我走上了三樓。

「不要叫我小姐，喊我先生好嗎？」

我笑了，她向我點了點頭說：「好的。」

這天晚上，我在三哥家裏吃着李嫂做的湖南菜：辣椒燒乾魚、臘八豆蒸臘肉、蝦米炒白菜、排骨燉藕湯，我一連吃了三大碗飯，一面吃，一面羨慕他們找到了這麼一位能幹的娘姨。

「岡猛子，不要打主意，李嫂是不能讓給你的，你想家鄉菜吃時，就來這裏好了。」

三哥開玩笑似的說着，我和嫂嫂都笑了。

不久，哥哥和嫂嫂回長沙去了，李嫂不願跟他們走，從此就隨着我過生活；我隨時觀察她的性格，覺得她不是普通的傭人。

她不喜歡主人時時呼喚她，或者吩咐這個，叮嚀那個。她出外幫人，已有六年的經驗，無論做飯、洗衣、買菜、打掃房屋，都有一定的鐘點。她從來不奉承主人，因爲個性太強，不肯屈服的緣故，好幾次被人家辭退了；但爲了她煮的菜太好吃，有時也有舊主人來信叫她回去的。她的衣服穿得非常整潔，頭髮是剪過的，留得很長，她總是把長髮梳得很光很亮，反捲上來，用一個牛骨頭做的髮夾夾住；床上老鋪着雪白的被單。我的箱子是從來不鎖的；可是連一塊手帕都沒有失掉過。

三

說起李嫂的身世來，實在太慘了！

她是從封建家庭逃出來的，爲了和丈夫不睦，連兩歲的兒子都不顧，毅然決然地隻身逃至長沙，後來又由漢口來到這繁華的上海。她說娘家什麼人也沒有了；夫家有一個婆婆和她的兒子，還有那個據她說是低能而兇暴的丈夫。

她已經出外六年多了，只回去過一次，八歲的兒子，在鄉下一個小學校裏讀書。本來夫家很窮，沒有一點產業，單靠她丈夫作工，老婆婆打幾雙草鞋變賣，是很難維持的；主要的是李嫂每月寄工錢回去，因此他們三個人得以勉強生活。

李嫂很愛她的兒子，幾次在我面前一提起就痛哭起來；尤其那次當我動身回家時，她難過了好幾天，她聽說我要經過她的門口，就託我帶許多東西給她的孩子，有穿的、吃的、也有玩的；還帶了十塊錢給她的婆婆。我回來的時候，剛剛走進房子，她便問我：

「謝先生，你看見了我的孩子嗎？她穿什麼衣服？瘦不瘦？你比一比看，他有多高了？你問他想媽媽沒有？我給他的東西他高興嗎？糖吃了沒有？是從學堂裏喊出來的嗎？」

我雖然覺得她問的太嚕囌；可是一想到她愛兒子的心是如何深刻時，便很耐煩地一五一十地告訴了她。她一面傾聽我的話，一面眼淚如水銀般滾下來，結果弄得我也哭了。

日子過的很快，又是一年的開始。當「一二八」淞滬抗戰爆發之後，她天天嚷着要跟隨我到前線去看護傷兵，她也像我們一樣痛恨日本帝國主義者的野蠻無理，她悲痛被槍殺被火燒的同胞。聽到大炮響時，她氣得面如死灰，連忙跑到曬臺上去看，是不是又炸毀了房屋而燒得滿天通紅？

有時爲了想念她的兒子，她常常晚間失眠。

「李嫂，你爲什麼不愛一個人呢？」

我曾好幾次這樣問她。

「我愛什麼？眞是笑話！我這樣大的年紀了，而且第一個丈夫已經使我苦痛到這個地步，難道我還再去找第二個害我的男人嗎？」她正言厲色地回答我。

「不！那不同！從前是你家裏替你找的，他的性情怎樣，你完全不知道，所以兩人合不來；現在任你自己去選擇，當然可以找到一個使你滿意的人。」

我很正經地對她說。

「唉！算了！我這一生再也不想嫁人了，世界上的男子，沒有幾個好的！我只願再過幾年，多積幾個錢把我的兒子帶出來，送他讀點書，免得和我一樣像個瞎子似的受苦。」

「那麼，將來你打算怎麼樣呢？」

「我嗎？沒有什麼打算，過一天算一天；如果我將來積了幾個工錢，就和兒子開個小店；要是辦不到，就照舊幫人家做工；年老了，不能動了，就讓她餓死或者凍死好了。」

「不要說得這麼可憐！李嫂！」

我忽然看見她的淚了，唉！充滿了她兩眼的淚光啊，是那麼亮，那麼幌動……

「我是無論如何要生在外面，死在外面的，將來我連做了鬼都不願回家！」

突然她像一隻受傷的野獸，這麼咆哮起來。

我了解她的痛苦；然而我用什麼來安慰她呢？

四

事情變化得連我自己也無法預料，我以一個偶然的機會，跑去閩西旅行了幾個月。暑假後，我由龍岩回到廈門中學來教書，這時李嫂早已離開了我，跟着一位由我介紹她去的柳先生夫婦到了天津；誰知不久，她嫌那位教授太太不把她當人看待，連剩下的菜，都不讓她吃飽，她在一氣之下，又回到了上海。

有一天，當我正在九組上課的時候，門房三三慌張走來教室找我，他生怕學生聽到似的輕輕地說：

「有位從上海來的女人，她說姓李，謝先生認識嗎？」

「姓李的？呵，認識，認識！你帶她到我房子裏去吧。」

「還有幾件行李。」

「統統搬到我房子裏去好了。」

下了課，我很快地拿着粉筆盒和教科書走進了寢室。

「李嫂！你來了！剛到爲什麼不休息一會就做事呢？」

進門我就看見她用臉盆洗我換下來的襯衫和手帕，我驚訝地大聲叫了。

「謝先生，你好嗎？一個人怪可憐的，要教書又要洗衣服，你看桌子上的灰塵都有半寸厚，抽屜裏也是亂七八糟的。」

「李嫂，你帶這麼多行李來幹什麼？」我嫌她嚕囌，故意把話題轉了個方向。

「並不多，網籃是空的，只替你帶來了你愛吃的牛肉乾和蝦米；還有特地從天津帶給你的二十個松花蛋；還有一個痰盂；兩隻飯碗和電燈泡。」

李嫂口裏說着話，一雙手已經把東西一件一件地從網籃裏搬出來了。

我見到了痰盂和電燈泡，像發了瘋似的，我竟然大笑不止，我說出「阿木林」三個字之後，就倒在床上不能起來，幾乎連腸子都笑痛了。

你不要笑呀！痰盂還是從你三哥那裏拿來的，是一件很好的紀念品，無論我走到什麼地方，都把它帶在身邊；飯碗是我們在上海吃過的，自然要帶來；電燈泡是那個一百支光的，晚上你寫文章需要它，光太小了，對於你的眼睛是有妨礙的。」

聽了她的解釋，我又難爲情起來，我連忙說着對不起她的話。的確，我很感激她待我的眞情，她是這樣關心我、體貼我，一想到她用自己辛辛苦苦賺來的血汗錢，從那遙遠的天津跑來厦門找我，我便再也不敢笑她傻了。

從此，我又能吃到可口的家鄉菜了，同事們聽我說李嫂最會做菜；於是我們湊合八個人成立了一個小伙食團，吃的太舒服了，別的同事都嫉妒我們；可惜好景不常，就在這年的寒假，我因事匆匆地離開了厦門。臨行的那晚，李嫂忽然流着淚對我說：

「謝先生，我不能同你走了，眞對不起！厦中的厨子要我幫他辦學校的伙食，這裏的氣候還好，我再住半年之後，就來長沙找你，謝先生，我一定來的！」

這時我才知道李嫂已經找到了對象，於是連忙向她道喜，我爲她慶幸，想她也許從此沒有苦悶了；誰知兩個月之後，她從上海來信，說她和那位厨子鬧翻了，現在生活很苦，要我趕快寄路費給她，她要來長沙找我；我把二十塊錢寄去後，杳無音信，不知道她究竟收到沒有？

五

自從二十一年冬天和李嫂在厦門中學分別後，二十多年不通消息了，我常常在懷念她，總希望有一天突然在什麼地方會遇見到她；今天，在公共汽車上聽到那個女人的聲音，實在太像李嫂了；然而誰又能證明眞的是她呢？天啊！茫茫人海，我向何處去追尋？

慘痛的金婚

三年前的六月某天，達明忽然用手指在算日期，嘴裏輕輕地在自言自語。

「你在想什麼心事？」我問他。

「時間過得眞快，我們結婚快五十年了，五十年是『金婚』，我們要好好地請一次客，慶祝一番，我們吃朋友的太多，實在難爲情；特別是我這幾年常常生病，連累了好多朋友和兒女，眞煩死我了，我眞不想多活，早死早解脫，也免得連累你。」

我聽了他這幾句話，非常驚訝，平時他是很少發牢騷的；只有我，沒有耐心，一遇到有什麼小病，就很心煩，眞恨不得心臟病突然發作，一下就嗚呼哀哉，那才痛快！

「不要這樣說，我希望死在你的前面，我是早就應該死的，你比我小一歲；而且這一輩子，我坐過四次牢，早就該死的。我常常感情容易衝動，你是學科學的，你的理智很清楚，你的意志很堅強，你活著可以做很多事情；而我，早就報廢了……」

「不要作文章，我不喜歡聽你這些廢話。」

他很不客氣地打斷了我的話。

他被病魔害苦了！

* * *

五年前，他的身體突然多病起來，最初還以爲他因爲沒有固定的工作（其實他早已退休），太清閒了，有時不免心煩，過去對於佛教雖然不像我一樣有興趣，從小在佛教家庭長大，所以對於拜菩薩，到廟裏去燒香，聽講經，總是很高興的；而達明剛剛和我相反，他的父母和姨媽，是在基督教家庭出生長大的，自然多少受了影響。

記得抗戰初期，我們結婚後，就在第五戰區的傷兵招待所服務，那機構就是「基督教負傷將士服務協會」和「後方勤務部」合辦的。我雖是個佛教徒，對於所有各種宗教，非但從來不歧視；而且很尊敬別人底宗教的。

在我們從戀愛、結婚到兒女長大；而且孫兒孫女四人，有三個在讀大學，最小的孫女也進了高中，他們在學校的成績都是優等，這是使我們最高興、最安慰的事情；唯一令我躭憂的事：達明三、四年來，常常生病；而且病會突然而來，有次倒在大覺蓮社，有次在汽車裏發病，有次半夜裏請醫生來打針，病好後，他又說起消極的話來：

「我喜歡痛痛快快地死，不願今天生病，明天好了，後天又要進醫院，煩死了！不但我心裏煩，我想你也會煩的。」

「不！不！我不煩，我只是躭心你煩，我希望你有時要耐心忍受醫院的生活，我很對不起你，我沒有整天日夜在那裏陪你，晚上醫院要趕我回家，不許我停留。」他聽了我的話，好像很安慰似的，唉了一聲，就閉目養神休息了。

＊　＊　＊

翻開我的日記，統計他在去世的那一年，一共住過醫院七次，有一次最危險，在U、C的急診病房的氧氣罩裏一連三天，閉著眼睛，沒有吃一點東西，連水都沒喝一口，我們以爲這次會凶多吉少，怎麼辦？怎麼辦？

那三天，葉大夫每天早晨送我去醫院，晚上接我回家，她的事情很多、很忙；大覺蓮社，她是每天都要去值班的，爲我們至少一天也要來回跑四趟醫院去接送我，實在太辛苦了！朋友們，凡是知道達明住什麼醫院的，都來看他；特別是他在臺北服務時的老同事廖國麻老先生，每次達明生病都瞞不了他，有時天天去，一去就是大半天。

唉！關於他住醫院的生活，我不想多說了，現在要說他去世的那天下午，實在去的太快，太使我傷心！他是沒有吃晚飯，空著肚子走的，唉！一想到這裏，我的眼淚又止不住了！……

最後的遺言

慘！慘！最後的話，他是空著肚子說的，那時他已經和我換了桌子和書架的位置，正在把我的書丟在他的書桌下面，用濕布抹淨我的書桌，坐在一條小凳上，抬起頭來，望望左邊牆上的掛鐘說：

「快六點了！你還不趕快做晚飯！」

「飯菜都是現成的，只要熱一下就吃。」

「唉！」他長長地嘆了一聲，腦袋向左邊一歪，就永遠地去了！去了！……從此再也聽不到他的聲音了！

這時我趕快打電話給葉大夫，請她叫救護車來；同時以電話告訴住在我們二樓公寓的茅、鄭兩位先生，他們立刻上樓來，剛到門口，葉大夫和救護車也到了，他們將達明抬上車，我也跟著上車，坐在司機旁邊的位置。

到了市立醫院，葉大夫和我去掛號處，辦理入院手續，等我們踏進急診處時，只見醫生向我們搖手說：

「不行了！他已不能救了！」

唉！天呀！他怎麼去的這麼快？連最後一面都不見我，最後一個字也不留給我……這時，我的心碎了，我恨不得馬上服毒和他同去；可是那來的藥呢？

寫到這裏，我不能寫下去了，我默默地對著他的遺像，痛快地大哭一場……

唉！達明呵！請你早點來接我去吧……

八〇年（一九九一）四月十五下午四點寫於百老匯公寓三百十二號北樓

後記：自從達明去世後，我就沒有寫過文章，這篇短文我已經寫了三天，也不知流過多少淚……

三民叢刊1

邁向已開發國家

孫震 著

邁向已開發國家的過程中，先是追求成長與富裕，但富裕之後，仍有很多我們要追求的目標。作者孫震博士，曾參與臺灣發展的規畫，也對臺灣邁向已開發國家的前景充滿信心。但除了經濟上的成就外，作者更關心的是新時代來臨後的羣己問題、教育問題，正如這幾年來他所持續宣揚的——更重要的是邁向一個「富而好禮的社會。」

三民叢刊2

經濟發展啓示錄

于宗先 著

在多年的高度發展以後，臺灣的經濟也併隨產生了許多問題；諸如經濟自由化的落實、勞資雙方的爭議、產業科技的轉型、投機風氣的熾盛等等，都是目前迫切的課題，本書作者于宗先先生，以其經濟學者的關心，對這些問題提出其專業上的看法。而這些討論，將更能爲臺灣進一步的發展提供可貴的啓示。

三民叢刊3

中國文學講話

王更生 著

從「關關雎鳩，在河之洲」開始，中國文學匯流成波瀾萬千，美不勝收的滄海。坊間介紹中國文學流變的書籍很多，但大多以政治朝代分期，無視於文學本身一貫的生命，而把文學以政治分期的手術刀隨意支解；本書突破以往陳陳相因的格式，改採以文學體裁爲基據的敍述方式，將各種文體的流變以一氣呵成的方式介紹給讀者。以使讀者有遊目騁懷之快，也更能掌握中國文學整體的生命。

三民叢刊54

紅樓夢新解 紅樓夢新辨

潘重規 著

自蔡元培、胡適兩先生對紅樓夢熱烈討論之後，紅學已成為文史學中的一門顯學。在舉世風從胡氏的自傳說之後，潘重規先生獨持異議，發表論文主張紅樓夢是漢族志士反清復明之作，使學界對胡氏再做檢討，而開展紅學的另一新路。潘先生在香港新亞書院創設紅樓夢研究課程，刊行紅樓夢研究專輯，又於一九七三年獨往列寧格勒，披閱該處所藏乾隆舊抄本紅樓夢，發表論文，飲譽國際。歷年來潘先生與胡適、周汝昌、趙岡、余英時諸先生討論的文字及論文，今彙集為「紅樓夢新解」、「紅樓夢新辨」重加校訂出版，使讀者能一窺紅樓夢作者之眞意所在，暨紅學發展之流變。

三民叢刊6

自由與權威

周陽山 著

自由與權威並不是對立的觀念。一個眞正的權威，是使人自願接受的力量，服從一個眞權威並不會使人感覺不自由，相反的，他是指引人們進一步思考、發展的助力。而一羣人獨立的自由，也只有在權威設定了自由的範圍後才得以維續。作者周陽山先生，探索有關自由主義、權威主義、保守主義及各種激進思潮在中國的歷程多年。在本書中，作者進一步透過相關的國際知識發展經驗，檢討自由與權威，自由化與民主轉型，以及國家社會與民間社會等層面的理念，期為民主化的歷程建構一條坦途。

三民叢刊7

勇往直前

石永貴 著

石永貴先生，絕對是大衆傳播界一個響亮的名字，在他任內，使新生報轉虧爲盈，發行量增加了一倍，也是在他任內，使臺視業績成長了四十四倍，並使臺視新聞確立了不移的口碑。他的成功經驗、勇氣和堅持，當可予人不同的啓示。

本書卽收集了石永貴先生自述其心路歷程的文字，從書中，我們可以看到他怎樣期待部屬，也看到要求自己，這些經驗和理念，不僅可讓傳播人獲益非淺，一般人讀了，也可獲知成功的理念何在。

三民叢刊8

細微的一炷香

劉紹銘 著

劉紹銘先生爲海外知名學者，研究現代文學聲譽卓著。他以本名撰寫文學評論，以二殘筆名撰寫諷諭文章，文思流暢，刻畫生動，本書爲作者最新之文集，蒐集大陸民運前後發表的文評及雜文，除了析述海內外有關中國的文壇發展外，字裏行間所流露的對中國現勢及未來的痛心及關心，更是使人心動。

三民叢刊9

文與情

琦君 著

琦君的散文，溫柔敦厚，於自然中散發出細膩的情思，久已爲人稱譽。本書卽收錄了他最近的作品，從日常生活中隨手拈來，自也透露出作者駕馭文字的純熟工夫。另外並有琦君向少執筆的小說及她第一次執筆的劇本，可看出作者對文字掌握的多面能力。不可不讀。

三民叢刊10

在我們的時代

周志文 著

「在我們的時代，希望很容易幻滅，但在一段沮喪過後，逃逸了的希望又常常不期然地像雨後的彩虹一般的在遠方出現。」

本書收集作者兩年來在中時晚報所發表的時事短評，針對的人、事雖各有不同，但所抱持的理念是一致的，那就是一個人文學者對現世的關懷，與對未來猶不死滅的希望。

作者以洗鍊的文筆，犀利的剖開事件上層層的迷障，讓我們得以見到更深刻的事實和理念。

三民叢刊11 12

中央社的故事

周培敬 著

六十年來，中央通訊社一直在中國新聞界的發展上扮演著重要的角色；從建立全國性的電訊網，收回外國通訊社發稿權，見證八年抗戰，親歷臺灣經濟奇蹟，目睹了退出聯合國，中央社一遍遍的做下時代的紀錄。它寫著這些年的歷史，從而也把自己寫進了歷史之中。

三民叢刊13

梭羅與中國

陳長房 著

美國作家梭羅以其《華爾騰》（或譯《湖濱散記》）一書呼喚人們在日常更深入的生活，創造更有意義、更為快樂的生活，而聞名於世。其對生活的態度正與中國的孔、孟、老、莊思想有相契之處。作者陳長房先生層層爬梳，探究其間的關係，並論述了梭羅的作品及思想。透過這跨文化的比較，也許正可幫助我們在濁世中尋覓桃源。

三民叢刊14

時代邊緣之聲

龔鵬程 著

時代的邊緣人，不是無涉於世的出世者，他只是退居在時代激流之旁，以讀書、讀人、讀世自遣，以文字聊爲時代留下些註腳。本書即是以時代邊緣人的心情自謂而做的記述，偶或玩世不恭，亦曾獨立蒼茫，但終究掩不住其對時代的關切及奮激之情。

三民叢刊15

紅學六十年

潘重規 著

本書爲「紅學論集」的第三本，集中討論紅學發展，及列寧格勒《紅樓夢》手抄本的發現報告及研究。作者於《紅樓》眞旨獨有所見，歷年來與各方論辯之文章，亦收錄於書中，庶幾使讀者一窺《紅樓夢》之眞意所在，及紅學發展之流變。

三民叢刊16

解咒與立法

勞思光 著

近來臺灣的社會力在解除了身上的魔咒之後，一時四處噴發，整個社會因而孕育著新生和希望，也充滿了騷動和不安。勞思光先生以其治學的睿智，剖析社會紛亂的眞象，指出：「解咒」之後，必須「立法」，亦即建立新的規則，若在這一步上沒有成果，則所謂「進步」亦失去意義。值得吾人深思。

三民叢刊17

對不起，借過一下

水晶 著

「對不起，借過一下！」要借的是：在舉世滔滔，資訊爆炸的年代，各人心靈上的一點空間，來容納書中帶來之感性與理性的清涼。本書爲作者近作之散文及評論的合集，散文率從生活小事著墨，筆觸輕靈動人。評論主要針對張愛玲、錢鍾書二氏之作品，亦抉其幽微，篇篇可誦。

三民叢刊18

解體分裂的年代

楊渡 著

隨著歷史的前進，臺灣的生活方式由農業生活轉入了工業社會，生活方式的改變也帶來了社會結構，包涵政治、經濟等方面的結構解體、分裂，與重組，而重組的路究竟通向何方？改革？或是革命？作者近年來著力追尋改變的軌跡，肯定了改變的根源來自民間，其路向也該朝向人民的需求。書中文字即記錄了作者追尋過程中所注意到的種種現象，期能透過對這些現象的反省，從中得到記憶的力量。

三民叢刊19 20

德國在那裏

政治・經濟篇

文化・統一篇

郭恒鈺・許琳菲等著

一九九〇年，兩德的快速統一，使德國成爲舉世矚目的焦點，也爲其他仍處於分裂中的國家，樹立了一個典範，而「德國經驗」的成功，有其廣泛的背景。本書即是對二次世界大戰後的「德國經驗」作一次總回顧，有系統的介紹了聯邦德國政治、經濟、文化等等的制度概況，及兩德統一的過程和啓示，可爲有心更瞭解德國的人作參考。

三民叢刊24

臺灣文學風貌

李瑞騰　著

臺灣由於近代歷史命運的多重變遷，使臺灣文學也隨之而顯現出豐富的面貌。李瑞騰先生多年來致力於臺灣文學的觀察與研究，認爲臺灣文學雖有其獨特性，但仍不自外於中文文學，更需納入以中文作爲表現媒介地區的體制下，尋找彼此間互動的關係。本書即是他近年來觀察的呈現。

三民叢刊25

干儛集

黃翰荻　著

黃翰荻先生撰述的藝術評論，關注的不僅是藝術創作本身，而擴及藝術創作所在的整個大環境。雖舉世滔滔，仍不改其堅持。「刑天舞干戚、猛志固長在」，書名出自於此，作者深意也由此可喻。

三民叢刊26

作家與作品

謝冰瑩　著

月旦人物，臧否文章，並非一定都是冷靜的陳述；懷恩的心情，謙和的筆調，也許更能引發人們的共鳴。謝冰瑩女士以溫婉的筆調，描寫她所接觸過的作家與作品，並抒發一己之感，不以深奧的理論炫人，而意韻自然深刻雋永。

三民叢刊21

浮生九四

——雪林回憶錄

蘇雪林 著

蘇雪林女士是新文學運動中第一代的女作家，在文藝創作和學術研究上都有豐碩的成果。晚年她親自撰寫此書，敍述其一生的經歷，文藝創作的動機、及學術研究的進程。文筆質樸，字字眞實，不僅是個人的紀錄，也是時代的見證。

三民叢刊22

海天集

莊信正 著

「海內存知己，天涯若比鄰」。若能以文會友，與天下人相交往，實爲人生樂事。作者在書中所欲實現的，正是此一理想。全書共分三輯，第一輯論中國文學，第二輯談西洋文學，第三輯則屬於比較文學。論述地區包含中、美、英、法、俄，篇篇精到，爲不可多得之作。

三民叢刊23

日本式心靈

——文化與社會散論

李永熾 著

日本人具有複雜的民族性格，美國人類學家潘乃德曾以菊花與劍來象徵這種複雜與矛盾。李永熾先生在本書中，從日本人的家族組織、社會思想、文學及電影作品等方面深入剖析日本的文化與社會，藉由此書，將有助於我們更了解日本式心靈的面貌。

三民叢刊27

冰瑩書信

謝冰瑩 著

寸筆短箋所成就的，不僅是一封封信件，更是一份份心意。本書蒐集了謝冰瑩女士寫給她的小朋友、大朋友、老朋友們的信件，雖然對象不同，但作者對周遭人事的深厚關懷卻處處流露，細讀之下，更能體會字裏行間所蘊涵的溫暖之意。

三民叢刊28

冰瑩遊記

謝冰瑩 著

遊跡萬里，不僅能增廣見聞，且能開拓心胸，若身不能至，則一卷在手，神遊萬里，亦可一舒胸懷。透過謝冰瑩女士生動靈活的筆觸，常可使讀者有與之偕遊之感。或可稍補不能親臨之憾。

三民叢刊29

冰瑩憶往

謝冰瑩 著

記憶裏可能儘是些牽牽絆絆的事物，然而它也可以成爲我們面對生活的力量。作者以清逸的文章，追述往日的點點滴滴，在歲月的流逝中，更堅定了她對創作，對生命永不懈怠的信念。

三民叢刊30

冰瑩懷舊

謝冰瑩　著

本書蒐集的多爲作者對故人的追念文章。謝女士生平以眞心待人，至親好友的生離死別，對她尤其有特別深的感受，筆之爲文，更顯情誼，將人生遇合的不定，生非容易死非甘的難堪，描摹的十分貼切。性情中人，讀之必有所感。

國立中央圖書館出版品預行編目資料

冰瑩懷舊／謝冰瑩著.--初版.--臺北市；三民，民80

面；　　公分.--(三民叢刊)

ISBN 957-14-1801-3（平裝）

855　　　　80000942

© 冰　瑩　懷　舊

著　者　謝冰瑩

發行人　劉振强

出版者　三民書局股份有限公司

印刷所　三民書局股份有限公司

地址／臺北市重慶南路一段六十一號

郵撥／〇〇〇九九九八──五號

初　版　中華民國八十年五月

編　號　S 85216

基本定價　叁元壹角壹分

行政院新聞局登記證局版臺業字第〇二〇〇號

冰　瑩　懷　舊

編號 S 85216

三　民　書　局

有著作權　不准侵害

ISBN 957-14-1801-3（平裝）